AS CABEÇAS DAS PESSOAS NEGRAS

NAFISSA THOMPSON-SPIRES

AS CABEÇAS DAS PESSOAS NEGRAS

COM PREFÁCIO DE WINNIE BUENO

TRADUÇÃO: CAROLINA CANDIDO

Diretor-presidente:
Jorge Yunes

Gerente editorial:
Luiza Del Monaco

Editor:
Ricardo Lelis

Assistência editorial:
Júlia Braga Tourinho

Suporte editorial:
Juliana Bojczuk

Preparação de texto:
Lorrane Fortunato

Revisão:
Karine Ribeiro e Tulio Kawata

Coordenadora de arte:
Juliana Ida

Designer:
Valquíria Palma

Assistentes de arte:
Daniel Mascellani e Vitor Castrillo

Analista de marketing:
Michelle Henriques

Assistência de marketing:
Heila Lima

Ilustração de capa:
Ilustrasil (Silvelena Gomes)

Título original: *Heads of the Colored People*

© Nafissa Thompson-Spires, 2018
© Companhia Editora Nacional, 2021

Todos os direitos reservados. Nenhuma parte desta obra pode ser reproduzida ou transmitida por qualquer forma ou meio eletrônico, inclusive fotocópia, gravação ou sistema de armazenagem e recuperação de informação sem o prévio e expresso consentimento da editora.

1ª edição – São Paulo

DADOS INTERNACIONAIS DE CATALOGAÇÃO NA PUBLICAÇÃO (CIP) DE ACORDO COM ISBD

T478c	Thompson-Spires, Nafissa
	As cabeças das pessoas negras / Nafissa Thompson-Spires ; traduzido por Carolina Candido. - São Paulo, SP : Editora Nacional, 2021.
	200 p. ; 16cm x 23cm.
	Tradução de: Heads of the colored people ISBN: 978-65-5881-008-7
	1. Literatura americana. 2. Ficção. 3. Cultura negra. I. Candido, Anna Carolina de Oliveira. II. Título.
	CDD 813
2021-14	CDU 821.111(73)-3

Elaborado por Vagner Rodolfo da Silva - CRB-8/9410

Índice para catálogo sistemático:
1. Literatura americana : Ficção 813
2. Literatura americana : Ficção 821.111(73)-3

NACIONAL

Rua Gomes de Carvalho, 1306 - 11o andar - Vila Olímpia
São Paulo - SP - 04547-005 - Brasil - Tel.: (11) 2799-7799
editoranacional.com.br – atendimento@grupoibep.com.br

Para Iveren e Isaiah

SUMÁRIO

Prefácio	9
As cabeças das pessoas negras: quatro esboços chiques, dois contornos feitos a giz e nenhum pedido de desculpas	15
Mudando o que tem de ser mudado	29
Belles lettres	47
As defesas do corpo contra si mesmo	65
O ventriloquismo de Fátima: uma história de transformação	79
O assunto do consumo	95
Suicídio, atenção	115
Sussurros para um grito	125
Hoje não, Marjorie	139
Esse Todd	159
Uma conversa sobre pães	171
Lave e limpe os ossos	181
Nota da autora	193
Bibliografia selecionada	195
Agradecimentos	197

Prefácio

Quando eu era não mais que uma pequena criança, estudava em uma pequena escola particular no bairro onde morava, em Porto Alegre, uma das cidades mais segregadas do país. Em um universo de dezenas de crianças, eu, minha irmã e um menino que vamos aqui chamar de Paulo (eu lembro exatamente o nome dele, mesmo que esse episódio tenha ocorrido há mais de 25 anos, mas talvez Paulo seja hoje um homem negro que não queira ser retratado nas minhas reminiscências infantis, portanto, vamos adotar um nome fictício para o "outro negro" da minha escola de educação infantil) éramos as três crianças negras que habitavam aquele ambiente. Apesar disso, Paulo não foi meu primeiro amor de infância, tampouco era meu melhor amigo. Meus melhores amigos da escola eram crianças brancas que debochavam do barulho que minhas tranças cheias de miçangas faziam, minhas melhores amigas da escola eram crianças brancas que perguntavam por que Deus tinha me feito tão preta, meus melhores amigos da escola eram meus piores inimigos.

Nessa pequena escola de bairro, na minha mais tenra idade, eu aprendi que iria viver o resto da minha vida lutando contra o racismo e todos os traumas que ele viria a me causar. Eu não tinha nem abandonado a chupeta, ainda fazia minhas refeições matinais em uma mamadeira, quando entendi o que você talvez só venha a entender lendo este livro: o racismo é um trauma. E se você ainda não se convenceu disso, Nafissa Thompson-Spires vai lhe convencer do quão traumático o racismo é para as pessoas negras, através de um potente compartilhamento de experiências.

Nas doze histórias que você tem em mãos, Nafissa Thompson-Spires lhe desafia a sair de um lugar comum, predeterminado, sobre as experiências vividas por pessoas negras e os impactos de ideologias racistas e da supremacia branca em nossas vidas. Nas vidas de pessoas negras que, como eu, convivem com os traumas do racismo.

Os traumas causados pelo racismo nem sempre apresentam marcas físicas, os traumas muitas vezes vivem em feridas profundas que habitam o nosso âmago. A experiência traumática de viver em um mundo onde todos têm algo a dizer sobre nós, mas ninguém tem tempo para efetivamente nos ouvir, causa sintomas que frequentemente temos dificuldade de nomear, mas que sabemos descrever e sentir. Descrevemos e sentimos com tamanha precisão a ponto de poder articular narrativas sobre eles na forma de livros, músicas, filmes, pinturas e outras formas de expressão. Nafissa Thompson-Spires se vale das narrativas escritas para desafiar essencialismos sobre as pessoas negras, para descrever vivências de pessoas negras, para fazer aquilo que fazemos como ninguém: falar sobre nós mesmos. Nesse caso, um *nós mesmos* ligeiramente conhecido da sociedade brasileira e que talvez possa causar uma série de confusões na cabeça do leitor. Um *nós mesmos* centrado na classe média negra estadunidense. Essa, da qual todo mundo ouve falar, mas que parece completamente distante da realidade brasileira, em que somos uma maioria de negros pobres, bastante distantes das possibilidades de acesso conferidas às classes médias.

A classe média negra estadunidense ascendeu a ponto de existir uma classe média negra alta. Uma classe média negra alta que tem dinheiro, mas cujo dinheiro não necessariamente significa pleno acesso, pois o racismo lhes restringe certas possibilidades de cidadania.

Há muito sobre esta obra que precisamos saber e que não necessariamente está dito, a começar pelo seu título. "As cabeças das pessoas negras" é uma referência ao trabalho do primeiro homem negro a obter um título de médico nos Estados Unidos, James McCune-Smith, um homem que, em pleno século XIX, rejeitava a condescendência paternalista da branquitude para afirmar a humanidade de pessoas negras, a partir de ensaios que relatavam o cotidiano da população negra de Nova York.

O título dessa série de ensaios é o mesmo do livro que você agora tem em mãos, ou seja, mais de 200 anos depois, ainda precisamos lançar mão da nossa capacidade de escrita e de nossa excelência intelectual para afirmar que somos múltiplos, plurais e que em nossas cabeças há muito mais do que os essencialismos sobre pessoas negras são capazes de imaginar. Nós somos mais do que os estereótipos racistas fixam. Mais que o negro malandro ou que a negra metida, muito mais do que a mãe agressiva ou que o negro preguiçoso. Aliás, esses estereótipos nos causam traumas, traumas que nos quebram.

Somos todos fragmentos dos traumas e, como fragmentados somos, fragmentados escrevemos. Escrevemos por nós e para nós, mas acabamos escrevendo também para aqueles que historicamente têm dito sobre nós muitas *verdades inventadas*. *Verdades inventadas* sobre nosso jeito de falar, sobre a maneira com a qual nos relacionamos afetivamente, sobre as músicas das quais gostamos, sobre nossas tradições religiosas e culturais e sobre como vivemos nossas vidas. *Verdades inventadas* repetidas tantas vezes que sobrepõem a invenção e se estabelecem como crenças, como a crença na ideia de que pessoas negras possam ter privilégios. Repetimos invenções a ponto de acreditar nelas.

É frequente, nas redes sociais, vermos influenciadores e influenciadoras negras, eu inclusive, falarem dos privilégios do acesso a espaços que a maioria da população negra não tem. A gente chama de privilégio coisas que para a população branca são absolutamente básicas, como, por exemplo, frequentar boas instituições de ensino como parte da trajetória de vida. Tomadas as devidas proporções da experiência da classe média alta negra estadunidense e da vida das mulheres e homens negros da minha geração, filhos de funcionários públicos e profissionais liberais negros brasileiros que comeram o pão que o diabo amassou para que seus filhos não precisassem lavar os dejetos fecais de orifícios anais rosados em trabalhos não remunerados ou precariamente remunerados, não há o que falar em privilégio quando o acesso a determinados espaços significa trauma e risco de vida. Vamos lidando com os traumas e com os riscos relatando-os em fragmentos que acabem por ser o que somos. Fraturas. Consciências duais. Duplos complexos.

Embora sejamos fragmentos escrevendo e vivendo, vivendo e escrevendo fraturados, as lógicas racistas enraizadas cultural e institucionalmente insistem em fazer de nós uma massa disforme e imprecisa, na qual todos e cada um são exatamente a mesma coisa. Nós vamos *escrevivendo*, tomando de empréstimo o fazer político-teórico da senhoridade intelectual de Conceição Evaristo para introduzir a jovem Nafissa, tentando escapar dessa amortização neurotizante. Deslizamos, escapamos, saímos desse lugar previamente definido pelas ideologias racistas para fazer-dizer em nosso nome, como nos ensina Sueli Carneiro, e por nossos nomes e pronomes.

    Os escritos de Nafissa são eu e nós. Não se trata de eles e vocês. São episódios gravados nas mentes de pessoas negras que, embora nem sempre sejam vivenciados diretamente por elas, são indubitáveis. Se a gente não viveu diretamente uma situação como as contadas pela autora, a gente conhece alguém que já viveu e sabe exatamente o tipo de sentimento que o episódio provocou. Sentimentos como a dor de saber que alguém amado teve sua vida interrompida pelo racismo, o sentimento de não lugar provocado por nossa presença em lugares hegemonicamente brancos, a angústia das tentativas de romper com a lógica do negro único, o desespero de não ceder aos maneirismos e deferências que o racismo insiste em nos fazer repetir; nossa fuga do tokenismo, a maneira como as imagens de controle são tão fortemente permeadas em nossas mentes que as reproduzimos entre nós. Quantas vezes não interpelamos uma mulher negra como agressiva, mesmo sendo negros, porque discordamos da maneira como ela atua? Quantas vezes não tomamos homens negros como animais violentos por uma figura que foi externamente produzida para que eles sejam visualizados dessa forma?

    Ainda assim, ainda que muitas vezes as próprias pessoas negras interpretem a cabeça de pessoas negras a partir do olhar que foi incutido pelos brancos, os maiores problemas e angústias causados nas cabeças de pessoas negras são causados por vocês, pessoas brancas.

    Nafissa trata especialmente das microagressões e das violências psicológicas, as quais podem parecer pequenos problemas, mas são maiores do que aparentam e não deixam marcas concretamente visíveis. São aquelas que vivenciamos em espaços que são naturalmente destinados aos brancos, como o espaço universitário. Desconheço pessoa negra que tenha uma vivência acadêmica sem passar por uma experiência de violência psicológica vinda de pessoas brancas, mesmo que às vezes a vítima não a reconheça. Os contextos sociais em que a presença de pessoas negras é vista como pontual ou episódica favorecem a permanência das microagressões do racismo.

A minha própria experiência universitária é um exemplo disso. Fui vítima das microagressões dos colegas, dos funcionários e dos professores, tanto na graduação quanto na pós-graduação. Os meus inúmeros méritos intelectuais nunca foram suficientes para que minha presença não fosse lida como ameaça ou como intromissão. Os questionamentos sobre minha capacidade de finalizar meus trabalhos, por exemplo, são uma constante forma de violência psicológica, um jeitinho branco e cordial de dizer que não tenho capacidade o suficiente para estar no espaço em que eles, os brancos, estão. Nós sabemos disso, e este livro também nos ajuda a refletir e compreender que não se trata de vitimismo, mas de padrões de exclusão. As microagressões permeiam a vida de pessoas negras desde muito cedo; ainda crianças nos deparamos com a violência racista manifestada nas instituições de ensino, e a educação, institucionalmente racista, nos ensina a não reagir. "Deixa para lá", "ignore isso", "não vai adiantar reclamar" são conselhos que nos são dados mediante uma situação de racismo e têm um único objetivo: manter o racismo funcionando.

A questão central aqui é que as soluções que nós mesmos articulamos para os racismos cotidianos são deslegitimadas e colocadas sob questionamento. É como se tudo o que fazemos em relação ao combate ao racismo não fosse suficiente, afinal, ele continua por aí. Nafissa desafia com humor e sarcasmo esse diagnóstico. Coloca sua escrita a serviço da solução, uma que perpassa pelo compartilhamento de experiências, que permite que nos visualizemos como uma comunidade múltipla, com múltiplos desafios, mas também com múltiplas ações para combater a permanência do racismo cotidiano. Os textos que compõem essa obra tratam de deixar evidente que nós sabemos como a violência racista opera, como ela é complexa e que, sendo assim, exige respostas complexas para combatê-la.

A obra nos ajuda a compreender conceitos que muitas vezes nos parecem elaborados demais para tematizar o racismo, como a dupla consciência. A noção de dupla consciência, elaborada por Du Bois e explorada por teóricos como Frantz Fanon, Patricia Hill Collins e Paul

Gilroy, aparece nas narrativas de maneira acessível. Nafissa explora o sentimento de viver nessa constante sensação estranha de ser para si e para um mundo que não quer que sejamos; e o das pequenas derrotas que às vezes nos impomos por nos explicar demais, por querer demais ser onde não nos querem vivendo.

Nós somos uma complexidade, nossas cabeças são informadas pelos traumas que o racismo nos impõe, mas não são deles feitas. Nossas cabeças, na verdade, como as cabeças de todos os seres humanos, são emaranhados de situações, noções, sentimentos, desejos, aflições, alegrias, tristezas, paixões, temores. Elas são feitas de sentimentos humanos, como humanos que somos. As cabeças das pessoas negras não são diferentes das cabeças de pessoas brancas, por mais que, desde os primórdios da ciência, se queira afirmar o contrário. São cabeças como outras quaisquer. A diferença é que as nossas ainda precisam funcionar de forma incessante para não serem fraturadas pelo racismo. Metafórica e literalmente.

Winnie Bueno
Mestra em Direito pela Universidade do Vale Rio dos Sinos (Unisinos) e doutoranda em Sociologia pela Universidade Federal do Rio Grande do Sul (UFRGS). Autora do livro *Imagens de Controle - Um conceito do pensamento de Patricia Hill Collins* e idealizadora da Winnieteca, uma plataforma de doações de livros para pessoas negras desenvolvida em parceria com Geledés e Twitter Brasil.

As cabeças das pessoas negras: quatro esboços chiques, dois contornos feitos a giz e nenhum pedido de desculpas

1.

Riley usava lentes de contato azuis e descoloria os cabelos que, em algumas manhãs, ele modelava com gel, secador e chapinha, formando um moicano estilo Sonic, com pontas tão duras que poderiam furar o dedo de alguém. Outras vezes, fazia um ralo penteado lateral com uma franja longa e lisa – e ele era negro. Mas isso não era uma espécie de ódio de si mesmo. Ele havia lido *O olho mais azul* e *Homem invisível* na escola e até comprara *Disgruntled* em uma feira literária. Sim, de fato eram bons livros e repercutiam nele de alguma forma, mas esta não é uma história sobre raça, sobre "a vergonha de estar vivo" ou algo semelhante. Ele não odiava a si mesmo; estava até ouvindo Drake (embora você possa trocar por Fetty Wap se o apreço dele por música *trap* mudar algo para você, porque o que importa aqui é que ele não tinha nada contra a música "do povo dele" ou coisa do tipo) enquanto descia a Figueroa com os fones de ouvido enfiados apenas o suficiente nas orelhas para não lhe dar coceira.

Riley usava a versão rala e lisa de sua franja e escutava Drake ou Fetty, era negro com lentes de contato azuis e tinha os cabelos platinados. E, claro, existem pessoas pretas que possuem todas essas características naturalmente, sem a necessidade de acessórios, então podemos ignorar toda a discussão sobre fenótipos e características biológicas e pular para a parte que realmente interessa. E se há uma metalinguagem na consciência e autoconsciência desta narradora ou excesso de indulgência à parte, não é uma metalinguagem só pelo prazer de ser; a consciência desta narradora se faz presente apenas para que você saiba dela de antemão, como um punho preto levantado, para colocar a leitura atenta de lado e abrir espaço para Riley, um homem negro que não tinha olhos azuis e cabelos loiros naturais. Ele era o tipo de homem negro que justificava – sendo solicitado ou não – comparações entre bebidas do Starbucks, trechos da letra de "Lady Marmalade", ou, ainda, barras de chocolate com nozes.

Você poderia pensar que, com suas lentes de contato azuis e cabelos loiros não naturais contrastantes com a pele cor de chocolate amargo *mocha-choca-latte-yaya* – e sim, há um certo julgamento no uso do pronome "você" –, Riley ficava apenas com mulheres brancas ou asiáticas, ou, talvez, que ele gostasse de homens. Mas, fosse qual fosse a sua aposta, você estaria errado, já que Riley era heterossexual e saía frequentemente com mulheres pretas. Ele não estava em negação, nem no armário, nem seguia a escola John Mayer[1] de igualdade de oportunidades, estilo cartaz da United Colors of Benetton, com todos dividindo o mesmo espaço na vida mas tão separados quanto os dedos da mão durante o sexo. Também não era como Frederick Douglass ou tantos outros que batalhavam pelos direitos dos negros em público e depois voltavam para as esposas brancas em casa (e não há criticismo contra Douglass aqui, apenas fatos sendo usados para não restar dúvidas). Riley gostava de mulheres pretas, tanto pela negritude quanto pela feminilidade delas, e da sobreposição desses conceitos; Riley não tinha preconceitos contra pessoas *queer* e não era o tipo de homem que diria "não sou bicha" em situações desconfortáveis, porque Riley se sentia confortável o suficiente consigo mesmo – se por "suficiente" ficar subentendida uma espécie de consciência educada. Há tanta consciência nestes dois parágrafos que praticamente não deixei espaço para Riley, que, para além de mulheres pretas, gostava também de *cosplay* – vestir-se como os personagens de seus filmes e livros favoritos –,

---

[1] John Mayer é um cantor norte-americano que deu uma entrevista à revista *Playboy*, na qual dizia que, embora seu coração fosse partidário da diversidade, seu órgão sexual era o de um supremacista branco. Ele ainda usou termos racistas para se referir às pessoas negras. (N. E.)

de *Dr. Who* e *Samurai X*, das convenções de amantes de histórias em quadrinhos e, principalmente, de *Death Note*, sua série favorita de mangá e anime. E embora naquele dia ele estivesse vestido, a pedido da namorada, de Tamaki Suoh, com um terno *skinny* de cor lavanda e uma gravata preta fina, sua aparência lhe conferia a flexibilidade para que, em outras ocasiões, se vestisse como Kise Ryouta ou Naruto, ou ainda, se estivesse se sentindo especialmente ousado, como Super Saiyajin.

Então, foi um tanto incômodo para Riley/Tamaki quando, enquanto caminhava em direção ao Centro de Convenções de Los Angeles, o Brother Man[2] (não confundir com o Bruh Man original, cuja origem ou paradeiro atual são desconhecidos, mas uma versão alternativa do Bruh Man, um Bruh Man diferente e, ainda, metido, o Brother Man), na esquina da Figueroa com a Décima Quinta Avenida, abordou Riley por não pegar o panfleto que tentava lhe entregar. O Brother Man colocou a mão no ombro de Riley, ousando violar ainda mais o espaço pessoal dele ao usar sua enorme mão, com as unhas manchadas pelo cigarro, para virar Riley em direção a ele. O que estou dizendo é que o Brother Man parou Riley na rua, selecionando-o entre todas as outras pessoas que estavam vestidas, respectivamente, como Princesa Mononoke, Tempestade, Daleks, Cybermen e Neil deGrasse Tyson (alguns negros de fato e outros fazendo *blackface*), colocou suas mãos nele e o forçou a olhar para a cara do Brother Man com a familiaridade de um amigo e, ao mesmo tempo, com a violência de um estranho.

Em qualquer outro dia, Riley provavelmente reconheceria que tinha errado ao passar reto pelo "E aí?" dito no início pelo Brother Man, que ele havia fingido não ouvir por culpa de Fetty. Nesse dia, entretanto, Riley sentiu que, uma vez que ele vivia o personagem Tamaki, a decisão dele de ignorar o Brother Man estava correta, um exercício do método de interpretação.

Riley ficou mais do que surpreso – e não precisou apropriar-se da afetação de Tamaki para sentir-se insultado – que o Brother Man o houvesse tocado e, àquela altura, mesmo que ele pudesse ser exatamente o

---

[2] Brother Man e Bruh Man referem-se a um personagem da série americana *Martin*, conhecido por seus maneirismos, sendo um estereótipo do homem preto norte-americano dos guetos. (N. T.)

público-alvo ideal para o que o Brother Man estivesse vendendo, o seu orgulho não o deixaria fazer concessões.

***

Riley havia muito tempo se irritava por sua negritude ou seu grau de lealdade à causa ser colocado em xeque por ele usar lentes de contato azuis e descolorir os cabelos. E porque, acima disso tudo, seu nome era Riley e não, por exemplo, Tyreke. Irritava-o que ele fosse definido como um puxa-saco de branco, que se autodepreciava por gostar de *cosplay*, anime e convenções de histórias em quadrinhos e porque, por acaso, naquele momento, talvez estivesse gostando um pouco demais da sensação de fingir ser um estudante japonês rico.

Quando o Brother Man disse: "Tá se achando, preto bichinha", Riley desviou-se da lógica e esqueceu que não gozava de nenhum dos privilégios do personagem que representava.

Então, teve início o que Riley, em seus trajes, poderia ter chamado de combate, ainda que, num dia comum, ele teria simplesmente dito que ambos saíram na mão ali mesmo, na Figueroa Street.

As pessoas que assistiam, filmavam e circundavam aquela cena de dentro de um dos saguões do centro de convenções diziam que era como Naruto contra Pain, só que entre dois homens pretos, tornando, então, impossível dizer se um dos dois era o herói.

2.

Na verdade, Brother Man era corpulento mas não violento, e ele mesmo preferia descrever-se como um intelectual em embalagem enganosa. Se pudesse ter feito um pedido antes que aquele dia acabasse, desejaria também estar usando uma fantasia para suavizar o efeito que a imagem dele causava.

Havia colocado a mão no ombro de Riley porque não lhe agradava ver alguém, especialmente um dos seus, virar as costas para ele sem nem ao menos ouvi-lo. Foi também porque precisava promover o

Brother's Spawn e, até então, havia convencido umas minguadas quatro pessoas que haviam passado por lá a pagar quatro dólares por exemplar; e porque Brother Man acreditava piamente que pessoas negras deveriam se unir e que o irmão de olhos azuis, peruca e terno roxo deveria ao menos ter balançado a cabeça para ele e, quem sabe, acenado ou dito um "E aí?".

Ainda que, quando essa história acabar, as pessoas irão se referir aos papéis que ele entregava como tratados religiosos, materiais de doutrinação ou "algum tipo de documento de gangue", *Brother's Spawn* era a série de história em quadrinhos distópicas de publicação independente de Brother Man, que tem lugar na Pasadena City College, onde ele havia ouvido falar do trabalho de Octavia Butler pela primeira vez. As histórias eram desenhadas à mão e tinham a dimensão de um cartão-postal, sendo que ele também esperava vender um folheto com um poema de sua autoria.

Brother Man – também conhecido pelas alcunhas de Kyle Barker, Cole Brown, Overton Wakefield Jones, Tommy Strawn[3] e pelo pseudônimo de Brother Hotep[4] – vendia as histórias em quadrinhos com tamanho de cartão-postal ilegalmente (ele preferia usar o termo "sem as licenças oficiais da prefeitura") e, naquele dia, havia se posicionado entre um *trailer* de comida e um carrinho de sucos. Em outros dias, ele as vendia perto do Century City Mall, do Ladera Heights, na Little Ethiopia e, por vezes, ia até Inglewood.

Naquele dia, havia apostado na circulação de fãs de histórias em quadrinhos vindos do centro de convenções para atrair alguns leitores, gabando-se mais cedo para a namorada sobre como ele provavelmente iria vender todo o seu estoque, "mesmo sem ter uma daquelas mesas oficiais do centro de convenções, vai vendo".

E ainda que afirmasse não ser o tipo de pessoa que chamaria Riley de vendido ou de puxa-saco de brancos, naquele dia, Brother Man (cujo nome verdadeiro era Richard Simmons, isso mesmo, Richard

---

[3] As alcunhas de Brother Man são nomes de personagens e personalidades negras da cultura norte-americana. (N. E.)

[4] No afrocentrismo, *hotep* é uma saudação que, a partir do início do século XXI, passou a ser utilizada para designar uma pessoa afrocêntrica radical. (N. E.)

Simmons[5]) não conseguiu lidar com Riley o ignorando e não dando o devido reconhecimento para ele e sua arte. Poderia achar motivos para que as outras cem ou mais pessoas fantasiadas o ignorassem, algumas falando inglês, outras falando em outro idioma, todas sinalizando que não com as mãos a cada tentativa dele de mostrar os quadrinhos que produzira, mas não podia tolerar a recusa de um preto, especialmente de um homem negro usando fantasia de estudante japonês, exatamente o público-alvo que Brother Man mirava.

Portanto, quando ele colocou a mão no ombro de Riley, não tinha intenção de brigar, e Brother Man – daqui em diante chamado de Richard – imaginava que Riley também não tinha planos de lutar com ele. E nenhum dos dois teria imaginado que se envolveria em uma disputa de caratê amador (pronunciado com o autêntico sotaque japonês), agitando os braços e chutando para todos os lados, simulando um mortal kombat mal coreografado.

3.

A caminho de uma reunião, Kevan parou na padaria SweetArt em Saint Louis para comprar um *brownie* vegano para ele e um *cupcake* roxo com coraçõezinhos doces para sua filha, Penny, que passava o fim de semana com ele. A loja estava repleta de quadros de tamanhos variados, pintados pelos donos e vendidos na padaria, que servia também de galeria e espaço de encontro da comunidade. Pequenos vasos com flores locais enfeitavam cada uma das mesas. Kevan vestia uma camiseta preta que dizia, em letras brancas, "Vá à m com sua política de respeitabilidade". Ele gostava da ironia de usar só a letra "m" em vez da palavra completa, mas ainda se perguntava se seria melhor trocar "vá" por "vai". Ele não tinha certeza se as pessoas entendiam essas escolhas por trás das artes que produzia e vendia on-line, no seu carro e, de vez em quando, em uma pequena mala na barbearia da Washington Avenue.

---

5 Richard Simmons é o nome de um instrutor de *fitness* norte-americano, branco e conhecido por sua excentricidade e extravagância. (N. E.)

Ele ainda tinha uma hora com Penny antes que a mãe dela a buscasse para que Kevan fosse se encontrar com um potencial parceiro de negócios e tentar vender uma ideia que ele não conseguia tirar da cabeça.

Escolheu uma das mesas no meio da padaria quase vazia, com flores amarelas e verdes dentro do vaso.

— Ela é uma super-heroína — disse Penny, apontando para o maior quadro de todos, localizado na parede adjacente ao caixa da padaria, enquanto sorvia mais um pouco do glacê. O glacê se acumulava no canto do sorriso de Penny, mas sua língua não conseguia alcançar esses lugares quando ela lambia os beiços.

— Ela é uma graça. O papai pode ensinar você a pintar assim — disse Kevan, entregando um guardanapo para Penny do outro lado da mesa.

Kevan não era vegano, mas gostava de apoiar negócios e artes de pessoas negras, além de ver a SweetArt como um lugar em que, um dia, seu próprio trabalho poderia ser apresentado. A venda das camisetas havia lhe permitido guardar uma pequena quantia, mas Kevan havia vendido apenas três quadros, o que o entristecia. Ele sustentava a filha Penny em virtude de uma ordem judicial e com um "trabalho de verdade" como entregador da UPS, mas sempre havia "dado conta das responsabilidades", mesmo antes de a mãe de Penny, que ele, alternadamente, chamava de interesseira, aquela vadia ou minha rainha, ter entrado com o processo para os pagamentos mensais.

— Meu nome de super-heroína vai ser... — Penny interrompeu-se para puxar a embalagem, revelando os pedaços finais do *cupcake*, com o glacê praticamente já derretido e todos os corações desmanchados. — Meu nome será Púrpura... Poderosa Penny Púrpura. Farei com que tudo fique púrpura assim — ela disse, movendo rapidamente o braço.

— Poderosa Penny Púrpura... — Kevan fingiu achar o nome mais fofo do que realmente era. — Uau.

Ele estava tentando não pensar em uma piada que havia visto naquele dia, nem na visão dos dois cadáveres que tinham aparecido casualmente no seu *feed* de notícias. Tentava, em vez disso, ensaiar mentalmente o que iria falar para o investidor sobre a realização de algo que ele havia lido em um livro usado que encontrara em um sebo.

A *Galeria de imagens afro-estadunidenses* era uma série de histórias curtas escritas por William Wilson, sob o pseudônimo de Ethiop, seguindo o formato de histórias similares – que Kevan conseguiu achar após certa pesquisa – de James McCune Smith no livro *As cabeças das pessoas negras* e por Jane Rustic (também conhecida como Frances Ellen Watkins Harper, uma poeta, sufragista e abolicionista negra). Kevan queria contratar pintores, incluindo ele mesmo, para que criassem uma exposição de cabeças de pessoas negras, de então e de agora, de modo a transformar os escritos literários em arte visual. A ideia o fascinava, as cabeças falavam com ele como nas obras de Equiano – embora ele ainda não conhecesse essa referência.

Na coleção de Kevan estariam, assim como no original de Ethiop, Phyllis Wheatley, Nat Turner e um médico, mas ele iria atualizar sua história favorita, "Figura 26", da "juventude negra", que estava "cercada pela miséria atroz", para refletir alguma atrocidade mais atual. Ele adicionaria uma super-heroína para Penny e uma colagem de homens pretos (e também mulheres, ele decidiria depois, após ser persuadido por Paris Larkin) que haviam sido mortos pela polícia e outras brutalidades.

— Qual vai ser o seu nome? — a voz de Penny parecia mais aguda que o normal naquele momento.

— Eu não sei. — Kevan ainda estava pensando nos cadáveres e no vídeo cheio de ruídos que mostrava dois homens discutindo e em como um dos homens mostrou as mãos quando o policial entrou em cena; era óbvio que o homem não segurava uma faca ou arma de fogo, mas sim algo macio como papel.

— Papai, o seu nome — Penny exigiu.

— Eu não sei — Kevan repetiu, então soltou a primeira coisa que veio à sua cabeça. — Bruh Man.

— Bruh Man? — Penny jogou a cabeça para trás. — E o que ele faz?

— Ele pinta. E o que ele quiser, ele pode pintar e fazer virar realidade. — Kevan fez com que Penny lambesse um guardanapo para que ele pudesse limpar o glacê ainda espalhado no rosto dela. — E também pode fazer com que coisas ruins desaconteçam, se ele as pintar direito.

— Eu também terei esse poder — disse Penny, esquivando-se das tentativas do pai de limpá-la, do jeito como as crianças de cinco anos fazem. — Mas eu vou apenas pensar e fazer com que coisas aconteçam ou desaconteçam.

Por alguns instantes, ele desejou que as coisas realmente fossem tão simples e, então, começou a desenhar algo em um guardanapo.

4.

Paris Larkin foi encontrar Riley no centro de convenções após dois turnos no seu trabalho de meio período na Dark Shadows Hollywood Cemetery Tours. A descrição oficial do cargo dela dizia: "Narradora de *tour*: talento vocal. Deve ter a capacidade de memorizar histórias e ficar em pé por longos períodos em ônibus em movimento, mantendo a audiência entretida".

— Não tô falando que ela é uma coveira[6] — Riley gostava de dizer ao apresentá-la como sua namorada —, mas, na verdade, Paris cava covas; ela as ama.

Essa era uma das coisas que haviam feito com que ele se sentisse atraído por ela quando se conheceram: a vivacidade mórbida dela, bem como o fato de ela não ter preconceitos com o estilo de vida dele. Os trocadilhos que ele fazia, que sempre caíam bem, eram uma das coisas que Paris gostava nele, além de seu rosto interessante e do jeito como ele era totalmente diferente do que ela esperaria que fosse.

Quando, durante a noite, Riley tirava suas lentes de contato e prendia seu cabelo com uma *durag*, ele parecia estar tão confortável e era tão gentil quanto ao se vestir para ir ao seu café temático de histórias de quadrinhos favorito em Pasadena, para beber *bubble tea* e jogar xadrez com os alunos da Caltech, onde estudava Engenharia e era um dos poucos estudantes pretos do campus.

Se Paris pudesse ter um superpoder, seria o de ser visível, porque, embora ela ficasse em pé no ônibus com um microfone, mostrando lugares onde o espírito de Marilyn Monroe supostamente foi avistado para turistas usando óculos escuros falsificados da Gucci, ansiosos para capturar algo com as câmeras de seus celulares, ela não era a atração principal. Paris preferia narrar os *tours* com reverência aos espíritos, em vez de fazer apelos dramáticos, sendo apenas parte do cenário e deixando os espíritos falarem por si. Quando estava com Riley, ela era vista. Eles chamavam bastante atenção, especialmente quando estavam fantasiados.

---

[6] No original, *I ain't saying she a gravedigger*, faz referência à popular canção "Gold digger", do *rapper* norte-americano Kanye West. (N. T.)

Alguns puritanos do *cosplay* (leia-se: racistas) não costumavam aprovar as escolhas de fantasias de Paris e Riley ou a ideia de pessoas negras fantasiadas como personagens não negros. Paris havia aprendido a prever e quase se divertir com a onda de ansiedade ao entrar nesses espaços, como se o instinto de lutar ou fugir fosse o mais próximo de se sentir completamente viva. E, além disso, os *tours* fantasmas a faziam pensar que, em comparação, ao menos ela estava mais viva do que os cadáveres que preenchiam aqueles buracos.

Aquele não era seu dia de folga, então pegou o metrô e dois ônibus para encontrar Riley no centro de convenções após sair do trabalho, tomar banho e colocar a sua longa peruca prata e o vestido de necromante meticulosamente costurado. O contraste entre sua pele e as listras roxas e brancas do vestido e a armadura cinza que usava nos braços e nas pernas elevavam o seu astral. Ela havia cogitado se vestir como Haruhi Fujioka, o par da fantasia de Riley do *Colégio Ouran Host Club*, mas a escolha por Eucliwood Hellscythe geraria maior impacto, ela pensou. Ainda que seu olhar com as lentes de contato azuis estivesse focado no caderno de desenhos, suas pálpebras, adornadas com uma pesada sombra branca e preta, eram um aviso de que, naquele dia, quem passasse por ela não deveria desafiá-la.

Quando Paris entretinha turistas de fora da cidade, ou quando ela e Riley estavam no espírito, ela gostava de pegar o metrô que ia do Highland Park para Glendale para visitar o mausoléu de Michael Jackson, do qual ninguém podia de fato se aproximar, mas que, ainda assim, causava calafrios melancólicos nela e nos convidados. Durante grande parte do tempo que passava no ônibus ou no metrô, Paris desenhava Riley e tantas outras pessoas – qualquer um podia dizer que ela era uma artista, ainda que não uma profissional, pois não era paga para desenhar.

Ela dizia que seu caderno de desenhos era uma coleção de cabeças, já que nunca desenhava os corpos. De qualquer forma, Paris era alegre e ria com frequência, mostrando o espaço entre seus dentes, não sendo nem de longe tão mórbida quanto seu trabalho e sua coleção de cabeças a faziam parecer. Ela chamava Riley de Fuzzy Confusão, e ele a chamava de Lindinha. Ela estava escutando "Say my Name", tão conectada como era com tudo dos anos noventa, embora tivesse apenas dezenove anos e houvesse nascido após a morte de Tupac e Biggie. Naquela manhã, Paris havia assistido à reprise de *Martin* e rido de um personagem que pedia um sanduíche de vento. Ela sentia que nos anos noventa – e você deve adicionar uma espécie de saudosismo aqui –, com aquelas camisas xadrez, havia certa melancolia, mas sem exagero.

Não se pode, não no caso de Paris pelo menos, prever o que o futuro reserva. Naquele dia ela havia, em tom de brincadeira durante um exercício de interpretação de personagens, evitado pronunciar o nome de Riley e a palavra "morte" na mesma frase, no cemitério ou enquanto estivesse vestida como Eucliwood, com medo de matá-lo. Mas nenhuma força, psíquica ou metafísica, a avisou para alertar Riley que não fosse à convenção de quadrinhos, ou evitasse discussões desnecessárias, ou que colocasse imediatamente as mãos para cima quando lhe fosse ordenado. Nada a avisou, enquanto ela ainda cantarolava "Say my Name" com sua melhor voz murmurante, para não caminhar em direção ao amontoado de luzes piscando, carros de polícia e espectadores com e sem fantasia. O estômago dela implorava-lhe que olhasse para o outro lado, uma vez que ela se aproximou da cena o suficiente para se sentir enjoada, mas já era tarde demais.

A onda de pânico que invadiu seu corpo não fez com que ela se sentisse mais viva, nem mesmo em comparação a Riley deitado no chão.

Anos depois, ela ainda se arrependeria de não ter desenhado o policial agressor naquele dia. Desde então, Paris desenhou o rosto dele muitas e muitas vezes, rabiscando o seu nome e sua imagem no caderno como uma espécie de súplica, pronunciando-o em voz alta e desejando que ela, assim como Eucliwood, pudesse apenas dizer o nome das pessoas que ela quisesse que morressem e fazer isso acontecer.

Quando um artista chamado Kevan Peterson escreveu para ela mencionando um projeto que gostaria de finalizar – na verdade, de finalmente começar –, Paris ficou feliz por todos os desenhos que havia feito de Riley.

5.

Um culto, consciente e confiante homem negro com lentes de contato azuis, cabelos loiros e usando um terno azul-turquesa foi baleado em Los

Angeles após uma suposta discussão violenta com um culto artista independente, que também foi baleado, após policiais atenderem a um chamado. "Que também foi baleado" fica como reflexão, pois Brother Man, Richard, não era o que tinha cabelos loiros ou lentes de contato azuis ou qualquer coisa de excepcional, à exceção do tamanho, das barreiras que havia superado (demasiadas para serem listadas aqui) e as histórias em quadrinhos que produzira.

E você deve preencher por conta própria os detalhes desses disparos, desde que as constantes (homens desarmados, uso de força excessiva, outro cadáver, outro cadáver) estejam inclusas nesses detalhes. Cantarole alguns trechos de "Say my Name", mas na terceira pessoa do plural, caso isso ajude você de algum modo.

Há alguns pontos extras que eu não devo deixar para a sua imaginação completar: no desenho feito a giz no chão da Décima Quinta Avenida, você pode ver a perna de Riley chutando como Spike Spiegel e um retângulo adicional acima do contorno da mão de Richard, onde ele provavelmente segurava suas histórias em quadrinhos ou um protótipo em papel laminado.

A imagem que a Associated Press escolheu veio de um *#tbt* que Riley havia postado nas redes sociais, uma foto dele usando trajes de uma festa de graduação, vestindo uma camisa longa azul e uma linda bandana da mesma cor por cima de suas finas tranças. Sua mãe e sua namorada, Paris, explicaram repetidas vezes que ele não estava vestido como um bandido, mas como o Justin Timberlake dos anos noventa.

A foto de Brother Man era um antigo retrato policial, acompanhado de uma história que enfatizava uma infração penal de cinco anos atrás – por não pagar a pensão alimentícia e evasão fiscal – e a inclinação dele por usar nomes falsos.

As famílias de ambos os homens diriam que aquelas fotos não comunicavam nada, e que quem os conhecia não iria se lembrar deles daquela forma.

Os Neil deGrasse Tysons discordavam em relação ao número de tiros que haviam ouvido; o que fazia *blackface* disse que foram dez, enquanto o rapaz de rosto bronzeado chamado de negro declarou que foram treze. As autópsias foram inconclusivas, mas apontavam que Riley ou Richard, em algum momento, testara positivo para o consumo de maconha.

6.

Acho que um tiroteio policial é muito melodramático quando a história já era interessante por si só, e a minha preocupação com raça talvez seja exagerada, mas foi Flannery O'Connor, acredito eu, que disse – e digo "acredito eu" mais como um artifício, para parecer um pouco indiferente quando, na verdade, sei que de fato foi ela quem disse – que tudo que sobe deve convergir ou algo assim ("ou algo assim" sendo novamente um recurso). Mas isso faz com que o fim pareça deliberado ou sobredeterminado, quando, na verdade, não o era, ainda que eu acredite – eu sei – que foi Donika Kelly que falou sobre "o modo como um corpo deixa marcas", ou, nesse caso, um contorno, uma impressão.

***

Como terminar uma história, especialmente uma que seja tão raivosa, como um grande punho preto? O tom é desencorajador. Todas as ações importantes acontecem fora de cena; nem ao menos vemos o tiroteio ou os cadáveres no vídeo. Como aquele cara no *workshop* de ficção disse, metalinguagem é muito anos oitenta. A "narrativa em abismo" é interessante, mas usada em demasia. Essa é uma história de fragmentos, narrativas curtas. Querida autora: obrigada por compartilhar essa história, mas estamos arrependidos.

Admito que seria muito mais fácil de ler se fosse uma delicada narrativa seriada, com *cupcakes*, super-heróis, olhos azuis e os padrões de imagem dos anos noventa. Mas não consegui desenhar os corpos enquanto as cabeças falavam acima de mim, e o mosaico formou-se em sangue, e o que é um conto senão um contorno de giz feito a lápis ou com palavras? E o que é uma narrativa seriada preta senão a história de um certo grau de separação, de rascunhar a mesma dor inúmeras vezes, vagando por tanta carne tentando tirar novas conclusões, sabendo que apenas desejar não faria que isso acontecesse?

Mudando o que tem
de ser mudado

Ainda que, até então, ele tivesse resistido a usar a abreviação de seu nome no escritório novo, Randolph sentiu-se, pela primeira vez, como se fosse Randy.

Se Randolph fosse sincero, admitiria que havia começado a agir como um Randy meses antes de Isabela e, em especial, na semana anterior ao feriado. Naquela terça, após Isabela lhe desejar um desanimado "Feliz Ação de Graças" e ele se assegurar de que ela havia ido embora, Randolph pegou a pequena moldura de fotografias prateada da mesa dela e lavou o rosto e os seios quase inexistentes dela com cuspe através do vidro, esfregando o dedo indicador até que ela se tornasse um borrão de muco com monosseio. Ele recolocou a moldura no lugar, empacotou todas as suas coisas em duas caixas azuis de embalar papel e as enviou para o escritório novo, na esperança de que o bonsai sobrevivesse à transição e ao recesso no escuro. Mesmo com as lâmpadas que havia comprado, a sala era mal iluminada, mas ele estava determinado a não utilizar aquelas fluorescentes. O novo escritório se localizava em um canto mofado, perto do armário do zelador, mas era, ele reafirmou a si mesmo, o *seu* canto mofado. Randy dirigiu para casa para aproveitar o feriado, contente com sua vitória, com o progresso e o comedimento que demonstrou ao consegui-lo.

Antes de Isabela, DIY era o motivo de toda a irritação de Randolph e, antes de DIY, Crystal, e antes de Crystal, Fátima, e antes de Fátima, a mãe de Randolph, a Virgem Maria e uma menina que havia zombado dele na segunda série.

***

Antes de Isabela, quando Randolph foi contratado pela primeira vez na Wilma Rudolph, uma HBCU[7], a chefe do departamento, Carol, o havia apresentado à dra. Ivan-Yorke, dizendo que ele deveria se encontrar com ela ao menos duas vezes durante o semestre para que ela pudesse providenciar uma carta de recomendação para o currículo dele. Para além do fato de que Randolph e DIY eram dois dos três únicos professores pretos no departamento, ele não sabia o motivo pelo qual o haviam associado a Ivan-Yorke. Ela não trabalhava na especialização dele e havia décadas não escrevia algo digno de nota. Os olhos dela eram fundos e ficavam quase no topo do rosto, que, por ser muito carnudo, fazia com que Randolph se lembrasse de massa de biscoito de gengibre. Randolph a havia visto no dia que fez a entrevista de emprego, mancando pelo corredor estreito e vestindo o que ele mais tarde descreveria ao seu amigo Reggie como uma espécie de vestido havaiano usado em funerais, mas que na ocasião lhe parecera um vestido preto simples.

— Este é o dr. Randolph Green, o novo professor assistente — Carol disse. — De Preston.

A dra. Ivan-Yorke encarou-o com frieza através de seus óculos quadrados antes de levantar a cabeça levemente e gesticular para que Randolph examinasse a coleção de canecas de escritório dispostas nas prateleiras. O olhar de Randolph - que, por vezes, era astuto - percebeu uma certa temática de DIY[8]. Uma das canecas, cor de lavanda com inscrições em branco, dizia: "Mantenha a calma e faça você mesmo". Na outra, lia-se: "Um serviço nunca está feito até que *eu* o faça". Carol lançou a Randolph um olhar e um breve sorriso de desculpas.

— É verdade. Esqueci de mencionar que todos aqui chamam a dra. Ivan-Yorke de DIY. Sua frase favorita é...

---

[7] As *Historically black colleges and universities* (HBCU) são instituições de ensino superior que se estabeleceram nos Estados Unidos antes da Lei dos Direitos Civis de 1964, destinadas a atender principalmente à comunidade negra. (N. E.)

[8] *Do it yourself*. Tem-se aqui um trocadilho entre a sigla original do inglês, que significa "faça você mesmo", e a sigla formada pelo nome da dra. Ivan-Yorke, que corresponde a DIY. (N. T.)

— Faça você mesmo. — DIY interrompeu, com um dos braços flácidos erguidos na direção da coleção dela.

— Haha — Randolph riu forçadamente.

— Aproxime-se — DIY sussurrou. — Eu estou aqui há vinte anos.

Não havia ninguém naquele corredor ou nos escritórios mais próximos. Randolph era incapaz de entender por que ela falava tão baixo.

— Eu li alguns de seus artigos — DIY continuou murmurando. — Por que você deixou a tão prestigiosa Preston?

— Você sabe como é — Randolph disse —, eu queria tentar algo diferente.

Ele não mencionou o que havia dito aos outros: que desejava parar de ter que agir de acordo com o seu status de antiestereótipo ou que precisava distanciar-se da beneficência da culpa liberal, de todos os olhos em cima dele, da expectativa de sorrisos, de cortejar mulheres. Já sentia uma de suas enxaquecas se aproximando. Elas começavam no pequeno recuo na base da cabeça, onde o pescoço se encontra com a cavidade da pituitária. As veias se contraíam como se fios de náilon forçassem o sangue a subir e subir, até escapar pela sua testa. A pressão inundava os nervos oculares, concentrando-se atrás de um olho ou do osso chato em volta da têmpora. Ele não via a aura, apenas sentia a violência de todo o movimento.

— Você sabe como é — Randolph repetiu.

— Eu não sei — DIY disse, voltando para a sua mesa.

Carol e Randolph se retiraram do escritório.

***

Tanto quanto ter um escritório próprio, Randolph queria lecionar em uma universidade historicamente preta, e Wilma Rudolph era a única outra universidade na cidade, além da única que ainda procurava por um professor assistente avançado no fim da primavera e, até então, ele teria feito qualquer coisa para se livrar de Preston, e do que ele e Reggie chamavam de "tirania branca". Acontece que, para o desgosto de Randolph, embora os estudantes da Wilma fossem majoritariamente negros, os docentes eram quase tão homogêneos quanto em Preston, especialmente na área de humanas. A faculdade, ele percebera, era regida quase inteiramente por mulheres, que Randolph via como uma irmandade profana de pseudofeministas, com DIY sendo a líder não proclamada, Carol a capanga-em-treinamento e Isabela, a sucessora mais provável. Um homem preto, ele disse a Reggie, era tão *token*[9] ali quanto em qualquer outro lugar da cidade.

O prêmio de consolação pelo emprego foi o escritório duplo com as janelas mais invejáveis do edifício. Os demais membros não concursados da docência se dividiam em cubículos no terceiro e quarto andares do edifício, sentando-se em grupos de cerca de cinco ou seis pessoas em espaços que poderiam ser chamados de baias. No entanto, os dois professores que dividiam aquele escritório haviam se demitido sem aviso prévio, deixando para Randolph um amplo e bem iluminado escritório. Até que Isabela apareceu.

Ela foi contratada no fim de setembro, um mês antes do início do ano letivo, após o chefe do Departamento de Espanhol e Português receber queixas dos alunos de que as classes deles ainda não tinham um instrutor. Um professor do Departamento de Espanhol entrou no escritório de Randolph com uma mulher ao seu lado, apontando na direção da divisória e da segunda mesa, dizendo a Isabela, "aquela é a sua", antes que ela se apresentasse como a nova colega de escritório de Randolph. Isabela sorriu de um modo que a maioria das pessoas, incluindo Randolph, acreditaria ser cordial e, então, perguntou qual era o departamento dele.

— Inglês. Literatura, na verdade. — Randolph sorriu de volta.

— Ah, que bom. Você poderá me ajudar. Eu sou da Venezuela. Não escrevo tão bem em inglês.

— Nem eu em espanhol — ele disse, rindo.

— Essa é a minha primeira vez dando aula nos Estados Unidos — ela disse. — Eu dava aulas na Venezuela.

— É a minha primeira vez ensinando em uma universidade historicamente negra também — Randolph quis informar.

— É um lindo campus, bem verde — ela disse.

— É um campus — ele respondeu.

Ela sorriu e concordou por algum motivo que Randolph não conseguiu interpretar e, então, começou a desempacotar a pequena mala de rodinhas

---

[9] No movimento negro, é comum o termo *token* ser utilizado para designar uma inclusão simbólica de uma pessoa preta em ambientes majoritariamente brancos apenas como tentativa de demonstrar um não racismo. (N. T.)

que havia trazido consigo. Randolph mostrou-lhe onde encontrar artigos de escritório, como ajustar o termostato – cujo botão tinha certa tendência a ficar preso – e como inscrever-se no sistema de notificação por mensagens de texto da universidade. Em Preston, crimes que acontecessem dentro ou perto do campus eram posteriormente resumidos em um e-mail mensal enviado pelo Departamento de Relações Públicas, talvez em uma tentativa de minimizar a sensação de criminalidade generalizada, ainda que os números fossem bem similares àqueles da Wilma. Ali, os crimes eram parte do tabloide diário. Alerta: relato de agressão sexual no quarto andar da Wiley. Alerta: estudantes roubados do lado de fora do McGill. Alerta: um Mitsubishi Gallant preto foi roubado no estacionamento em West Featherringhill. Por vezes, parecia que os estudantes iriam brigar nos corredores. Uma vez, dois membros do corpo docente de fato brigaram. Já não lhe causava mais ansiedade, ele disse, mas achou que Isabela, especialmente por ser mulher, deveria estar preparada.

Isabela, no entanto, parecia inabalável enquanto Randolph lhe contava as histórias. Ela concordava com a cabeça e mantinha os olhos sérios enquanto ele falava.

— A universidade em que eu dava aulas em Caracas é muito violenta.

— Hmm — ele disse. — O lugar em que cresci também era complicado, mas não esperava ver isso em uma universidade, mesmo uma localizada no Sul ou nos bairros. Guetos? — ele perguntou, fazendo aspas com as mãos, incerto se ela entendia o que queria dizer.

Ela deu de ombros e torceu os lábios, como se buscasse demonstrar que esperava por isso.

— As pessoas são as mesmas, não importa onde você as coloque.

Dessa vez foi Randolph que deu de ombros. Ele terminou o *tour* pelo escritório dizendo para Isabela que gostava de manter as luzes apagadas por ser sensível às luzes artificiais e, enfatizou, por causa das excelentes janelas do cômodo. O escritório era virado para o lado sul e, na maioria dos dias, batia sol até o meio da tarde, com as árvores do lado de fora fornecendo sombra o suficiente para que o sol não aquecesse demais. Ela concordou lentamente com a cabeça, com os lábios cerrados. Ele continuou:

— Podemos fechar as portas do escritório se ficar muito barulhento no corredor.

Randolph percebeu, assim que as palavras saíram da boca dele, como poderia ser mal interpretado. Ele provavelmente deveria manter a porta do escritório aberta, pelo bem de Isabela, pelo bem da propriedade. Procurou sinais de desconforto no rosto dela, mas não os encontrou. Ainda assim, começou a explicar que não era aquilo que ele queria dizer, mas ela apenas disse:

— Perfeito, eu também não gosto de muito barulho.

Ele achou que seriam amigos. Tinham praticamente a mesma idade, não eram casados, nem infelizes com essa situação. Randolph não queria namorar com outra colega de trabalho e Isabela, disse ele, não fazia o seu tipo de qualquer modo, ainda que os amigos de Randolph pudessem dizer que isso não era verdade. Ele nem ao menos ia se encontrar com seus antigos colegas de trabalho no campus da Preston por medo de esbarrar com sua ex-namorada, Crystal, uma professora de história que disse que a passividade de Randolph contradizia o chauvinismo e que a proposta do seu livro, *O novo novo paternalismo: o racismo romântico e o sexismo na era pós-racial*, não o levaria a lugar algum até que ele confrontasse os próprios problemas relacionados à masculinidade. Crystal deixava Randolph confuso, porque ela queria que ele fosse mais nervoso, mais assustador na hora do sexo, comprava livros sobre asfixia erótica para ele, chamava-o de Smaller Thomas[10] durante as discussões e concluía dizendo que ele tinha baixa testosterona, mas terminava com ele sempre que ele agia de forma "muito ríspida". Ela não podia ter as duas coisas, ele argumentava.

— Você sempre corrige demais ou de menos, mas nunca consegue acertar — ela choramingava.

Então, quando descrevia Isabela, Randolph exagerava em seus aspectos indesejáveis: não era feia, mas não tinha curvas, era um tanto quanto sem sal e, ainda assim, agressiva. Ela prendia os cabelos castanhos em um rabo de cavalo que acentuava suas orelhas. Todos os traços dela eram pequenos – as orelhas como as de um pequeno homem idoso, o nariz fino com a ponta ligeiramente arrebitada – e, ainda assim, demasiadamente salientes.

---

10 Bigger Thomas é um personagem negro do romance *Native Son*, de Richard Wright. Ele é considerado uma figura contrária à do típico homem negro submisso dos Estados Unidos no início do século XX. Aqui a autora propõe um trocadilho com o nome do personagem. (N. E.)

Isabela, ele descobriu mais tarde, queria viver nos Estados Unidos, e, quem sabe, encontrar um trabalho com mais estabilidade, antes de namorar. Era uma situação perfeita para manter um relacionamento platônico, que Randolph insistia ser o que ele queria. Ambos se sentiam malvestidos quando estavam entre os estudantes, que revezavam entre roupas de igreja e de balada nas aulas. Eles riam facilmente. Ela comia frutas secas que trazia em uma sacola reutilizável. Randolph comia granola misturada com M&Ms. Mantinham as respectivas mesas de escritório arrumadas com seus cacarecos ajeitados. Compartilhavam a descrença na ousadia genérica de seus estudantes.

***

Em um dia chuvoso, no meio de outubro, Isabela suspirou, de modo um tanto quanto dramático, Randolph pensou. Ela deve ter tido uma discussão com um estudante, mas, quando ele perguntou, ela disse:

— Randy, está muito escuro aqui hoje. Posso acender as luzes?

Randolph ponderou como responder. Ele não queria que isso virasse um costume.

— Ah — ele disse. — Bem, lembre-se, eu fico com elas apagadas porque não suporto as lâmpadas fluorescentes. Fico com enxaqueca.

Ele apontou para a sua testa escura, franzindo-a. Ela acenou em concordância.

— Sim, mas está muito escuro.

— Acho que tudo bem hoje. Estou indo embora em breve, mas, no dia a dia, prefiro que elas não fiquem acesas. — Randolph remexeu a gravata.

Ela ligou as luzes. A chefe do departamento, Carol, entrou no escritório enquanto Randolph arrumava sua bolsa.

— Ah, Randolph, que bom que você ainda está aqui — ela disse, com o rosto corado, embora sempre estivesse assim. — Eu ia enviar um *e-mail*, mas como estava passando pelo escritório... A dra. Ivan-Yorke disse que vocês dois ainda não se encontraram oficialmente para uma sessão de mentoria. Lembre-se que vocês precisam se encontrar duas vezes a cada semestre. Eu não esperaria tanto tempo. Você sabe como ficamos após o feriado.

— Vou cuidar disso — Randolph disse, com um sorriso falso.

— Ótimo. Oi, Isabela — Carol disse antes de sair. — Está gostando do escritório?

— É ótimo quando as luzes estão acesas — ela disse, olhando para Randolph.

Carol fez uma pausa e, lançando um rápido olhar para Randolph, disse:
— Sim, suponho que realmente seja.

Randolph não soube como reagir ao comentário de Isabela naquele momento e, então, focou em Carol. Ele havia evitado as reuniões de mentoria porque DIY parecia-lhe ser mais uma, entre tantos, que deve ter um parafuso solto no achados e perdidos da faculdade. Ainda que ele tivesse um metro e noventa de altura, sentia-se encolher na presença dela.

***

Algum tempo depois da primeira vez em que Isabela pediu para acender a luz, em um dia que Randolph não julgava estar tão nublado assim, Isabela chegou mais cedo que ele ao escritório e, quando ele entrou, todas as luzes estavam acesas. Ele foi para sua mesa e ponderou como deveria abordar a situação. Talvez ela não compreendesse a severidade da condição médica dele. Poderia chamá-la e mostrar uma página na Wikipédia sobre enxaquecas. Poderia dizer, em espanhol, que ele, na verdade, preferia a luz natural a essas luzes falsas, que alteram o ritmo do cérebro e desestabilizam o fluxo de trabalho. Poderia dizer que havia sido generoso ao usar fones de ouvido ao invés de alto-falantes para ouvir música e, então, o mínimo que ela poderia fazer por ele era deixar as luzes apagadas. Ele disse, abrindo bem os braços, para simbolizar um enorme espaço:

— As janelas são bem grandes e iluminadas, não acha?

Ela respondeu:

— Sim, mas um escritório sem luzes? É muito estranho. Não fica bonito.

— Que tal uma luminária?

— Luminária. — Ela cuspiu as palavras como se fossem feitas de metal.

— É uma pequena lâmpada que fica do seu lado do escritório, para dias nublados.

— Eu sei o que é. Vou pensar a respeito — ela disse, virando-se de volta para o seu computador. Ela não se ofereceu para apagar as luzes. — Está frio aqui — ela continuou, ajeitando o suéter no corpo.

***

Quando Reggie ligou para Randolph aquela tarde para verificar como ele estava, Randolph tentou descrever o ambiente fielmente, começando com DIY.

— Ela tem pelo menos setenta anos e anda pelos corredores mancando com uma bengala, lançando advertências contra ameaças visíveis e invisíveis. Ela não é a chefe do departamento, mas você julgaria que é — ele disse.

— Parece a personificação da Black Crazy — Reggie disse, embora ele falasse isso para basicamente qualquer pessoa que trabalhasse demais, e para a maioria das mulheres acadêmicas que, por acaso, fossem negras. Reggie havia sido o mentor designado para Randolph em Preston, por meio do Programa de Mentoria de Minorias. Era cerca de dez anos mais velho que Randolph e havia escrito um livro chamado *Black Crazy: Momentos decisivos na literatura negra nos Estados Unidos, 1874-1974*. Levava Randolph para almoçar uma vez por mês, assistia às aulas dele algumas vezes e escreveu uma carta de recomendação que ficaria pronta para entrar em seu dossiê acadêmico caso Randolph escolhesse "parar de ser besta quando o seu pequeno experimento acabasse e conseguir um emprego de verdade em uma universidade de pesquisa".

— Ela é definitivamente a Black Crazy. Depois falo mais a respeito dela. Mas, Reg, olha, eu queria uma opinião sua a respeito da minha nova colega de escritório.

Ele descreveu Isabela como uma "parede com um nariz", na esperança de evitar um sermão.

— Bom. Eu já disse para você...

Reggie repetiu o seu conselho de praxe, o mesmo conselho que os pais de Randolph e todos os seus outros mentores repetiam, de modo formal ou informal:

— Não estrague isso. Peque pela passividade. Não namore ninguém do Departamento de Humanas. Nem ao menos olhe para as pernas dessas mulheres quando elas erguerem as saias durante a primavera ou quando subirem rapidamente as escadas usando *leggings*.

Perdido em seu sermão, Reggie falhou em dar conselhos úteis para Randolph sobre a questão da luz.

Randolph lhe assegurou que não havia chance de ele namorar com Isabela e se despediu. Antes de desligar, ele ouviu um murmúrio desconfiado de Reggie, embora Randolph pudesse entender por que Reggie era incapaz de acreditar nele. Em Preston, Randolph havia quebrado duas das regras de Reggie de uma única vez ao namorar com Crystal: colega de trabalho dele e branca; e uma terceira quando disse que queria dar um tempo nas pesquisas para arrumar um trabalho como professor em uma faculdade de artes liberais durante alguns anos.

— Você está a caminho de se transformar em Black Crazy — Reggie disse, encolhendo os ombros. — Se os seus alunos não matarem você, a carga de horas-aula com certeza irá.

De fato, mesmo depois de ouvir as histórias de Reggie sobre colegas de trabalho perdidos e "bolsistas que eram tão promissores no começo", a carga horária como professor era mais exaustiva do que Randolph esperava. Mas o ambiente era o que mais o incomodava, as salas de aula lotadas, a velhice do lugar e a forte iluminação. Durante as reuniões, Randolph ficava de bico enquanto DIY, sentada naquela cadeira alta, sussurrava, e as mulheres inclinavam-se, empenhando-se para ouvi-la. Todas são assim, Randolph concluía, fazem você se inclinar na direção delas e satisfazer todas as suas vontades e excentricidades. Randolph havia começado a odiar todas elas.

***

No dia seguinte depois da aula, ao retornar para o escritório dele – o escritório deles –, ele encontrou a porta aberta e as luzes acesas. Randolph largou ruidosamente a pasta e uma pilha de papéis na mesa, sem olhar na direção de Isabela.

— Você pode apagar as luzes — ela disse sem olhar para cima. Isabela usava um daqueles suéteres com um decote oval que geralmente assentam bem em meninas muito magras, mas, de alguma forma, Randolph insistia, não caíam bem nela.

— Ah, não — ele disse. — Deixa para lá.

— Não, eu não sabia se você já tinha ido embora ou apenas saído para dar aula. Está tudo bem — ela franziu o cenho, indicando com a cabeça o interruptor.

— Eu vou ficar aqui apenas por mais alguns minutos. Está tudo bem. - Randolph remexeu a gaveta da escrivaninha à procura de um frasco de anti-inflamatório e das pílulas vendidas sob prescrição, olhando de um para o outro como se buscasse decidir qual era o nível da enxaqueca. Sacudiu os comprimidos e colocou um na palma da mão. Percebeu que Isabel fazia um bico, zombando dele, ainda que a cabeça dela estivesse virada em outra direção.

— É uma condição real, sabe — Randolph começou, em voz alta. — O excesso de iluminação. Eu tenho enxaquecas com essas luzes, com todas as lâmpadas fluorescentes.

— Hmm...

Randolph apontou para sua própria cabeça.

— Acredito que você nunca tenha tido enxaqueca.

— Não. Tudo bem, pode apagar a luz.

***

Randolph perguntou para a turma das três da tarde como eles lidariam com um "colega de quarto sem consideração que, por exemplo, fizesse muito barulho enquanto você tenta dormir".

Alguém respondeu:

— Jogos mentais.

Outro disse:

— Cara, eu falaria para ele ficar quieto. Quando eu tenho que estudar, não tenho tempo de brincar.

— É só pedir por um novo colega de quarto — disse alguém mais.

— Como se isso fosse funcionar — muitas pessoas responderam em uníssono.

***

Na segunda-feira, ele se levantou vinte minutos mais cedo para chegar antes de Isabela no escritório. Quando ela entrou, sorriu e cumprimentou-o como se nada tivesse mudado entre eles. Randolph jogou conversa fora, buscando a oportunidade para construir uma ponte, se essa ponte for definida como o caminho para conseguir as coisas do seu próprio jeito.

— Você gostaria que eu comprasse uma luminária para você? — Ele começou. — Sabe, isso tudo foi ideia minha, e eu me sinto mal de que você tenha uma despesa a mais. Eu posso comprar a luminária.

Isso soou bem, ele pensou, sem ser insistente demais, mas, com sorte, retórico e manipulativo o suficiente para que ela se lembrasse da gravidade da situação.

— Não precisa. — A boca dela mudou de uma expressão neutra para algo diferente. Eles não voltaram a se falar durante aquele dia.

***

Na manhã em que Randolph a presenteou com a luminária, no que ele esperava ser um bonito padrão de mosaico, Isabela não sorriu. Ela parou e, com os lábios semicerrados, disse "Obrigada", sem, no entanto, tocar no abajur.

Nas semanas que se seguiram, ela chegou mais cedo do que ele no escritório e acendeu todas as luzes, com exceção da luminária. Sempre que um deles saía, o outro ajustava as luzes de acordo com sua preferência. Randolph fez pesquisas sobre excesso de iluminação, procurando por modos de convencer Isabela de que ela estava sendo insensível. Dois dos amigos para os quais ele contou o caso disseram que ele estava fazendo tempestade em um copo d'água; era provável que ela simplesmente não compreendesse. Dois outros amigos disseram que ela estava sendo uma babaca e que não havia como ela não compreender. Jerry, um amigo em comum com Reggie, disse:

— Esse é o tipo de drama mesquinho que só pode acontecer com uma mulher. Ela é a agressora, mas tome cuidado, ou ela irá fazer parecer que é tudo culpa sua.

Reggie disse que se tratava de uma luta de poder e que Randolph somente perderia, independente de como jogasse. Se fosse agressivo, se tornaria o que "elas" sempre souberam que ele poderia ser, e ela ganharia. Se ele a deixasse ter o escritório para si, ela ganharia.

— Como você acha que fui de Reginald para Reggie? — ele disse. — Não tem como você ganhar, irmão.

As agulhas da escala Richter nas têmporas de Randolph desenhavam pequenas colinas.

O que mais ele poderia fazer? Havia tentado ser razoável e chegar a um meio-termo. Fantasiava formas de fazer Isabela sair do escritório, deliciando-se com a expressão dela ao ver um rato de mentira girando em sua cadeira ou um dicionário de espanhol-inglês em sua mesa. Ele havia visto pessoas em *reality shows* que esfregavam seus testículos nos colchões ou travesseiros dos colegas da casa e limpavam o interior de privadas com suas escovas de dentes. As vítimas não descobriam até que todos se reunissem para os episódios de reencontro e assistiam às filmagens juntos. Randolph não estava pronto para colocar suas bolas nessa história e não lhe agradava a forma como isso poderia gerar uma interpretação errada da situação, mas ele ponderou essa hipótese.

***

Um fim de manhã, quando ela ainda estava dando aula, Randolph foi até a mesa de Isabela e apertou a sacolinha de frutos secos que ela sempre deixava lá, amassando algumas das nozes com seu polegar e observando o óleo manchar o plástico. Tão rápido quanto podia, removeu todas elas, com exceção das passas cobertas de iogurte, colocando-as no bolso de suas calças. Ligou e desligou a luminária três vezes e voltou à própria mesa para comer as passas antes que elas derretessem, o creme e os óleos hidrogenados carnudos e doces grudaram nas suas gengivas.

Quando retornou ao escritório após a aula, Isabela não estava lá, e um livro chamado *Microagressões* havia sido deixado na mesa dele. Jogou o livro para o lado dela do escritório, sem se importar onde ele aterrissaria. Quando tirou o pote com seu almoço da gaveta, percebeu que o sanduíche tinha quatro grandes buracos, um em cada lado do pão, com profundas marcas de dedo. Randolph removeu o pão de seu sanduíche, colocou-o de volta na sacola de papel e comeu o peru defumado diretamente do plástico.

Quando Randolph estava no ensino fundamental em Chicago, uma criança foi baleada por supostamente ter roubado o almoço de alguém. Na Wilma Rudolph, um membro do corpo docente foi flagrado mexendo nas gavetas da mesa de outro membro e uma pancadaria começou no corredor. A mulher ganhou. Na Wilma Rudolph, um menino foi atacado ao deixar a biblioteca no momento errado. Em Preston, Randolph descobriu que pessoas com dinheiro cometiam esses ataques, mas deixavam menos traços, a violência psicológica. Ele ouviu histórias de meninas que enchiam absorventes com ketchup e colocavam nas bolsas de mil dólares de outras garotas. Elas criavam panfletos anônimos em papel cuchê acusando professores de encarar demais as alunas, ou coisas piores, e as enfiavam nas caixas de correio dos membros da faculdade. Sendo de Caracas ou não, Isabela não sabia como o sistema duplo de educação de Randolph o havia preparado para pegar pesado. Ela não sabia com quem estava se metendo.

Na verdade, Randolph diria que o problema dele era de dualidade, bilateralidade, ainda que não fosse no mais puro sentido de Du Bois, mas no sentido de que ele tinha duas mentes diferentes para a maioria das coisas, e apenas em alguns poucos casos elas convergiam. Ele tinha dois perfis diferentes nas redes sociais; um para colegas de trabalho e outro para amigos que o conheciam desde antes da docência. Ambos contavam com a frase "é complicado" abaixo de seu nome. Reggie diria que a tirania branca o castrava e, ao mesmo tempo, esperava que ele tivesse atitudes hipermasculinas. Randolph não poderia encontrar uma posição não-binária no contínuo. Ele podia apenas alternar entre uma e outra.

***

Randolph não contou para Reggie sobre o sanduíche e as passas, mas disse que as enxaquecas estavam piorando, mesmo com a dose de amitriptilina que lhe havia sido prescrita. Reggie disse:

— Essas dores de cabeça irão desaparecer quando você parar de sentir que tem que cumprir alguma espécie de padrão, quando simplesmente deixar fluir. O problema é que, uma vez que você fizer isso, você não terá mais um emprego. Para mim, são os sangramentos no nariz. Eu os chamo de meu ciclo menstrual. A pressão tem que sair de alguma forma.

***

Em uma terça-feira, quando Isabela não estava presente e as luzes estavam apagadas, Randolph se esgueirou, outra vez, para o lado dela do escritório. Ela aparentemente havia escondido as frutas secas, pois não estavam à vista. Na moldura prateada sobre sua mesa, havia uma foto em que ela abraçava o sobrinho pequeno e usava um vestido vermelho chique. Randolph passou os dedos na xícara com estampa floral que guardava a coleção de lápis número 2 dela, a maioria de corpo amarelo e envoltos naquelas borrachas macias que engrossam o lápis. Ele tirou a borracha de um deles e apertou-a com as mãos. Os lápis estavam recém-apontados, o marrom, o preto e o amarelo formando um atrativo contraste. Randolph pegou uma das folhas do bloco de rascunhos de Isabela e, então, usou cada um dos lápis, pressionando a ponta com força enquanto desenhava pequenas espirais. Cada traço proporcionava um pequeno êxtase. Escondeu o papel com rabiscos pretos na pasta dele, e limpou a poeira e os pequenos pedaços de grafite que ficaram na escrivaninha, rearranjando os lápis da forma como se lembrava. Não queria ser a próxima notificação no sistema de mensagens da faculdade. Alerta: furto e agressão no escritório de membro do sexo feminino não concursado do corpo docente. Suspeito: homem preto e alto, geralmente considerado bonito, acusado de deixar as luzes apagadas de maneira sugestiva, de comer quatorze passas cobertas de iogurte, e de quebrar uma luminária e onze lápis.

Voltou para sua mesa, trancando o papel coberto de desenhos, seu almoço e todos os seus artigos de escritório. Ele notou o local em que a borda azul do vaso do bonsai se alinhava com a rachadura no arquivador.

***

Na segunda-feira que antecedia o Dia de Ação de Graças, Randolph marcou uma reunião de mentoria com DIY, na esperança de sondá-la sobre um possível escritório novo. Ele planejava falar a respeito da sua próxima avaliação anual e, então, casualmente mencionar a situação com Isabela. Bateu à porta e entrou cuidadosamente no escritório, mas ela sussurrou:

— Sente-se. Você não precisa de toda essa falsa formalidade comigo. Como anda o seu semestre?

— Está tudo bem, uma adaptação.

Ela observou o rosto de Randolph com muito cuidado e durante muito tempo, antes de dizer:

— Você não gosta da sua colega de escritório, gosta?

Randolph riu, ponderando se deveria contar-lhe a verdade e incerto do que ela faria a respeito disso.

— Eu só não quero fazer com que ela se sinta desconfortável — ele começou, e quase se desculpou pela desonestidade. — Mas, na verdade, é ela quem está me deixando desconfortável.

DIY não se mexeu. Ele desviou o olhar; a nebulosidade presente nos olhos dela fazia com que ele se lembrasse de bolinhas de gude que pudessem ser trocadas.

— Você é mulher — ele recomeçou, sentindo-se um mentiroso, já que a feminilidade dela parecia, para ele, enterrada muito abaixo do ninho de cabelos finos e das austeras roupas pretas. — Não quero que pareça mal, entende, como se eu estivesse fazendo algum tipo de exercício de dominação masculina. — Ele riu.

DIY bufou e se inclinou para trás e, depois, para a frente. Ela inspirou profundamente, do fundo da garganta, e expirou as palavras sem separar os dentes:

— Esse é o seu problema — ela disse. — Você tem medo da luz.

Ele começou a falar, mas DIY lhe lançou um olhar fulminante.

— Você se acha bom demais para esta faculdade. Está óbvio para mim. Você não quer ser exposto e, então, se corrige demais em alguns pontos, mas tudo acaba escapando em outros.

— Não sei se estou entendendo — Randolph disse, enquanto a frase "corrige demais" cutucava o seu ego.

— Esse é outro dos seus problemas — ela fez uma pausa em sua reprimenda por alguns instantes, então tentou novamente. — Há uma frase no Direito que diz "*mutatis mutandis*", "mudando o que tem de ser mudado". Ela não se aplica a você.

— E como exatamente isso é relevante? — As analogias e dicas indiretas eram demais para a enxaqueca de Randolph.

— Por vezes, o problema é o ambiente; por vezes, você *é* o ambiente. No seu caso, você acredita que está fazendo mudanças, mas leva o problema com você, como fez ao trocar seu trabalho antigo por este. — Ela gesticulou com a mão para que ele saísse.

Randolph deixou a reunião furioso com DIY, ainda que não conseguisse exatamente apontar o motivo. Perguntou para Carol a respeito do escritório novo naquele dia e, ainda que, de certa forma, parecesse um rebaixamento, isso representava para ele uma batalha que havia ganhado, como se tivesse virado homem.

***

Ao sair de uma das reuniões da universidade em uma tarde de inverno, Randy parou perto do professor adjunto que havia se mudado para o escritório de Isabela, um cara magrelo com espinhas tardias.

— Você gosta do seu escritório novo?

— É bom — ele disse. — As janelas são muito boas.

— Por que vocês mantêm as luzes apagadas? Você sofre de enxaqueca?

— Não, foi ideia da Isabela — o professor adjunto disse. — Ela sente muito calor, então gosta de deixá-las desligadas. Sabe como é, a caldeira está bem abaixo de nós.

Belles lettres

Dra. Lucinda Johnston, psicóloga
Terapia Familiar Johnston
1005 Knightcrest Rd, Claremont, CA 91711

TERÇA-FEIRA, 1º DE OUTUBRO DE 1991

Olá, Mônica,
Tenho certeza de que você se lembra de mim, das viagens da classe para o Getty em setembro, para pesquisa de campo. A sra. Watson chamou a minha atenção para o fato de que Fátima pode ter começado um terrível boato a respeito de minha Christinia. Espero resolver esse assunto rapidamente, já que ambas sabemos quão feias essas coisas podem ficar. É verdade que o hamster de Christinia morreu recentemente, mas não é verdade que ele morreu pelas mãos dela. Chrissy nunca colocou Hambone ou qualquer um de seus hamsters anteriores no micro-ondas, secadora ou lava-louças. Que tipo de criança seria capaz de inventar algo assim?
Parece-me – e digo isso com todo o respeito e na esperança de que você não se ofenda – que Fátima vem tendo muita dificuldade em se adaptar por aqui, o que é compreensível, mas espero que você veja isso com ela antes que incidentes como esse se tornem frequentes.

Crianças que começam a mentir desde pequenas com frequência desencadeiam padrões de desonestidade a longo prazo.
   Atenciosamente,

Dra. Lucinda Johnston, psicóloga
Terapeuta licenciada
Integrante do Comitê de Boas-Vindas: Escola Primária de Westwood
Coordenadora de Eventos: Jack e Jill – filial de Claremont

***

Dra. Mônica Willis,
Professora adjunta de Educação
Universidade de La Verne
1950 Third Street, La Verne, CA 91750

SEGUNDA-FEIRA, 7 DE OUTUBRO DE 1991

   Cara Lucinda,
   Peço desculpas pela minha demora em responder, mas foi apenas durante a minha limpeza semanal que encontrei a sua carta no fundo da mochila de Fátima.
   Obrigada por me escrever, embora eu já tenha conversado com a sra. Watson, que me informou com veemência nunca ter ouvido Fátima dizer uma única palavra a respeito de Christinia ou do(s) hamster(s) morto(s) dela. Foi Renee Potts quem disse que Fátima havia começado esse rumor. Fátima diz que apenas repetiu o que Christinia havia lhe contado.
   Muitas das histórias de Fátima a respeito de Christinia neste ano e no ano passado – que não irei reproduzir aqui – foram preocupantes, para dizer o mínimo, mas nenhuma tão perturbadora quanto o prazer de Christinia em torturar roedores. Fátima tem imaginação fértil e escreve lindas poesias líricas – gênero que ela começou a ler quando tinha quatro anos –, mas ela não tem histórico de mentir ou contar histórias horripilantes. E, ao contrário de Christinia, ela não tem histórico de pegar os sapatos de outras meninas enquanto elas se balançavam nas barras do parquinho e fugir. Tenho certeza de que Fátima não contaria histórias

sobre Christinia, os hamsters ou o incidente do micro-ondas se elas não fossem baseadas em algo que Christinia tenha dito anteriormente.

    Agradeço a sua preocupação a respeito de Fátima e, ainda que Christinia tenha dificultado para que ela fizesse amigos em Westwood, Fátima se adaptará logo. Ela irá para a casa de Emily esse final de semana para uma festa do pijama. Christinia também vai? Se for, espero que você a encoraje a ser legal com todas.

    Att.

Dra. Monica Willis

P.S.: É um fato que mentirosos que começam desde cedo com frequência adquirem problemas de ordem social e psicológica semelhantes aos que Christinia demonstrou ao longo do ano passado. Que sorte a sua (e de Christinia) que ela tenha acesso à psicoterapia por meio da sua prática.

***

Dra. Lucinda Johnston, psicóloga
Terapia Familiar Johnston
1005 Knightcrest Rd, Claremont, CA 91711

SEGUNDA-FEIRA, 7 DE OUTUBRO DE 1991

Cara Mônica,
    Não esperava uma resposta tão defensiva quando lhe escrevi aquela carta. Pode ser que você a tenha entendido errado. Tudo o que eu queria enfatizar é que entendo por que uma garota com a posição e a origem de Fátima inventaria histórias desse tipo. É difícil conseguir chamar a atenção em um ambiente novo, e Christinia já está estabelecida em Westwood há algum tempo. É provável que haja algum tipo de inveja mesquinha no meio, mas acredito que possamos resolver isso. Não sei como você costumava fazer na escola antiga de Fátima (em Fresno, não?), mas aqui nós procuramos ajudar as crianças a lidar com seus problemas sem nos envolvermos demais.

Eu suponho que você já saiba – e que soubesse desde o começo – que Christinia não irá à festa de Emily, então não há necessidade de que eu a encoraje a "ser legal com todas". Você provavelmente já ouviu essa história e, portanto, não irei reavivá-la, mas direi apenas que não foi por culpa de Chrissy que Emily quebrou o nariz quando caiu. Além disso, esse fato aconteceu três anos atrás. Já demos as nossas mais sinceras desculpas pelo infeliz acidente de Emily e seguimos em frente.

Por fim, e digo isso da forma mais respeitosa que posso, talvez fosse mais inteligente verificar a mochila de Fátima todas as noites em vez de fazê-lo uma vez na vida, outra na morte. Já ouvi de mais de uma mãe na escola que ela cheira a ovos.

Cordialmente,

Dra. Lucinda Johnston, psicóloga
Terapeuta licenciada
Autora de *Instruindo uma criança*
Integrante do Comitê de boas-Vindas: Escola Primária de Westwood
Coordenadora de Eventos: Jack e Jill – sede de Claremont

***

Dra. Mônica Willis,
Professora adjunta de Educação
Universidade de La Verne
1950 Third Street, La Verne, CA 91750

9 DE OUTUBRO DE 1991

Cara Lucinda, ou deveria dizer dra. Johnston?

Eu gostaria de resolver esse assunto tanto quanto você, mas isso não acontecerá se todas as suas cartas se iniciarem e terminarem com provocações. Perguntei a respeito da festa de Emily de forma sincera e com a consciência limpa, embora, após conversar com os Kemp, possa entender por que eles ficariam hesitantes em convidar Christinia. Gostaria que você, no entanto, considerasse o seguinte ponto: se a Fátima é o problema, por que a popularidade dela está crescendo, enquanto Christinia cresce apenas no diâmetro de sua cintura e no número de acidentes associados ao nome dela?

Não me agrada a ideia de que as únicas duas crianças negras da sala sejam inimigas, e muito menos a atenção que isso traz para elas (ou para os pais delas) quando ambas já se encontram em uma posição difícil. Eu pensei que uma mulher preta com seu status e sucesso entenderia quão segregadores ambientes de trabalho e ensino como Westwood podem ser para pessoas como nós. Jordan e eu relutamos muito antes de colocar Fátima em uma escola majoritariamente branca, mas sabemos dos benefícios de uma escola como Westwood. Eu esperava que Christinia e Fátima pudessem ser amigas e dessem suporte uma a outra nesse ambiente, mas, desde a segunda série, está claro que nem você, nem Christinia estão dispostas a permitir isso. Você poderia incentivar sua filha a ser mais cordial, no entanto, e menos bruta. Você poderia dedicar mais tempo a ela, para que não descontasse as frustrações dela nos outros. Você deveria buscar a ajuda que tanto você quanto ela necessitam para superar as inclinações que têm para a mesquinhez.

Tenho certeza de que Fátima deixaria Christinia ser parte de seu círculo mais íntimo – até mesmo do seu clube de leitura pós-aulas –, se Christinia apenas pedisse desculpas e se comportasse. A inveja pode se tornar um problema para a vida inteira. E, por falar nisso, ainda que me desagrade trazer esse assunto à tona, nós ficamos surpresos em ver como Christinia se comportou mal quando o poema de Fátima ganhou do dela no ano passado. Gostaria de me assegurar que não teremos uma repetição daquela performance birrenta durante a competição de poesias deste ano.

E, em relação ao ovo cozido, nós resolvemos esse problema na primavera passada e compramos uma mochila nova para Fátima. E acredito que você já sabia disso.

Deveríamos falar sobre formas concretas de encorajar nossas filhas a se darem bem. Talvez a sra. Watson possa ajudar, uma vez que ela já mencionou o comportamento problemático de Christinia

anteriormente, algo como "Se nós não consertarmos as coisas agora, ela terá uma difícil estrada a percorrer pela frente".
Obrigada,

Profa. Dra. Mônica Willis,
Autora de *Todas as vozes importam: ajudando crianças negras a terem sucesso em escolas majoritariamente brancas*

***

9 de outubro de 1991

Mônica,
Peço desculpas pelo bilhete informal.
A sra. Watson me disse pessoalmente no supermercado que "não importa quão brilhante uma criança seja. Quando ela crescer, ninguém vai se importar com as notas dela, mas com o quão bem relacionada ela era". Ela não fez questão de esconder que estava falando de Fátima, não de Chrissy.
E, falando nisso, acho que você comete uma grande injustiça tanto com você quanto com Fátima ao enfatizar constantemente como ela é "brilhante" quando comparada com outras crianças. Muitas crianças pulam uma série, e ter pulado o jardim de infância não é algo para se gabar. Duvido que os padrões na antiga escola dela fossem tão rigorosos quanto os de Westwood. No que exatamente ela era tão avançada, em cochilos? Talvez um período no jardim de infância tivesse cultivado nela as habilidades de socializar e de resolver problemas, para que ela não precisasse voltar correndo para casa para contar tudo à mãe. As crianças precisam de força de caráter e independência, afinal.
E, além disso, se você bem se lembra, eu estava lá durante o recital em que Fátima leu o seu "premiado poema" e, ainda que meus doutorados – sim, no plural – não sejam em literatura, tenho quase certeza de que praticamente ninguém consideraria "Torta de borboleta" o trabalho de um gênio da poesia. Você não pode simplesmente rimar "torta" com "torta" diversas vezes e chamar isso de poesia; mesmo que tenha a desculpa de estar apenas na quarta série.

Nós não temos nenhuma questão a respeito da negritude de Christinia. Eu também estudei em Westwood quando era criança e fui muito feliz lá, ainda que naquela época fosse a única criança preta em toda a divisão K-6. Já considerou que as crianças da escola anterior de Fátima podem ter sido má influência para ela? Aliás, por que ela mudou de escola após a primeira série? De modo geral, isso é um mau sinal.

O seu doutorado, por falar nisso, não é na área educacional?

Lucinda

***

11 DE OUTUBRO DE 1991

Lucinda,
É difícil acreditar que você não seja uma neurocirurgiã com seus múltiplos doutorados e forte senso de lógica. Fátima mudou de escola porque nós nos mudamos. Ela deveria ir de Claremont para Fresno todo dia para frequentar a escola antiga?

Não me surpreende que o sutil jogo de palavras de Fátima tenha lhe passado batido, já que é nítido que a dificuldade de leitura afeta toda sua família. Fátima me disse que viu Christinia com dificuldades em ler no grupo de leitura Panda, e a sra. Watson deu a entender que as Iguanas – o grupo de Fátima e Emily – têm lido coisas mais avançadas do que *A menina e o porquinho* ou *O mistério do vagão*. Fátima começou a ler *Mulherzinhas* durante o tempo livre e já leu muitos livros de Judy Blume e Beverly Cleary, até mesmo *Ellen Tebbits* e *Otis Spofford* (que eu fui ler apenas quando era muito mais velha). Além disso, um dos poemas de Fátima será publicado na revista *Ladybug* daqui alguns meses.

Nem todo mundo é qualificado o suficiente para entender literatura. Acredito que você tenha consciência disso, devido às suas próprias dificuldades de escrita e o esforço extra que teve que colocar em sua pesquisa para que ela fosse levada a sério. Não há ainda alguma espécie de problema com o comitê de ética, relacionado ao seu último projeto? Ou seria um problema com a

ex-mulher do dr. Patel? Conheço alguém que poderia resolver esse problema para você, caso queira tal ajuda.
Muito cordialmente,

Mônica

***

11 DE OUTUBRO DE 1991

Mônica,
A sra. Watson disse que não há absolutamente nenhum grupo de leitura mais avançado do que o Panda, e que as Iguanas foram pareadas a fim de minimizar os seus muitos problemas de ansiedade social, então não sei de onde você tirou que as habilidades de leitura de Fátima são mais avançadas que as de Christinia. Chrissy não tem fobia social e, se alguma vez ela teve problemas com a convivência em grupo, foi porque as outras crianças não a compreendem. E Chrissy leu a versão adaptada de *Mulherzinhas* ontem mesmo, enquanto voltava do treino de futebol. O livro tem mais figuras do que palavras.
Mas, agora, consigo perceber de onde vem a mania de grandeza de Fátima. Você está, infelizmente, incentivando a arrogância da sua filha e sufocando o crescimento dela, mesmo sendo tão nova. Eu escrevi a respeito disso no capítulo três do meu primeiro livro, *Cuidado para não mimar*.
Não há nenhum problema com a minha pesquisa atual ou o comitê de ética.
Att.

Lucinda

***

11 DE OUTUBRO DE 1991

Lucinda,

Talvez a ansiedade social de Christinia não seja notada facilmente, mas isso se dá pelo simples fato de ela dominar as outras crianças. Pode ter algum tipo de insegurança por trás disso, talvez relacionada ao tamanho dela. Eu ouvi (e não revelarei a fonte para que você não comece a assediá-la também, mas posso dizer que não foi Fátima) que Christinia rouba os restos do almoço de outras crianças na cafeteria e ainda ameaçou aquele pobre menino com problema de audição para que ele desse a ela todo o pepperoni do almoço dele no próximo mês.

Eu de fato espero que, além de ajudá-la com as mentiras e com sinais prematuros de psicose, você consiga suporte para o problema de Christinia a respeito do excesso de peso dela, antes que termine – e digo isso respeitosamente, então espero que você não se ofenda – como você. As crianças aprendem essas coisas com as suas mães.

Se pelo seu "primeiro livro" você quis dizer a sua dissertação que não foi publicada, já ouvi muitas histórias a respeito das circunstâncias desagradáveis da sua defesa. O dr. Patel não era casado quando se juntou à sua banca e, ao final dela, estava divorciado? É por isso que você diz que seu filho mais velho, Thaniel, tem "cabelo bom" e que Christinia está sempre se gabando de ter "sangue indiano", apesar daquele pixaim[11] na cabeça dela? A princípio, achei que ela havia se confundido e queria dizer indígena, mas agora tudo faz sentido. O sr. Johnston acaso sabe que as crianças podem não ser dele, ou ele também está envolvido nessa trama toda com o dr. Patel?

Cuide-se,

Mônica

***

---

[11] No original, *naps*, termo popularmente utilizado no inglês americano para referir-se de forma pejorativa ao cabelo crespo. (N. T.)

12 DE OUTUBRO DE 1991

Mônica,

Eu nem me darei o trabalho de responder alguns de seus comentários.

Essa será a minha última carta, uma vez que percebo que não conseguirei resolver nada com você; você deve ter algum tipo de bloqueio que eu realmente acredito que deveria tratar com um profissional licenciado, especialmente se chama a si mesma de professora. Quantas gerações de estudantes universitários irão prejudicar outros devido à sua pedagogia problemática?

Acho engraçado que você tente reativar esses rumores a respeito da minha relação com o dr. Patel, que é estritamente profissional, especialmente quando todos nós já ouvimos coisas a respeito do pai biológico de Fátima. Vejamos: três filhos, dois deles com nomes anglófonos e uma com um nome árabe; duas crianças parecidas com o sr. Willis e a outra (Fátima) com "cara africana". Matematicamente falando, parece que você trouxe mais das suas viagens para a África do que aqueles cafetãs estilo anos setenta que você insiste em usar.

Em relação ao que você disse a respeito do peso de Chrissy, estamos trabalhando com uma nutricionista infantil especializada em transtornos linfáticos.

Por algum tempo, eu me perguntei se fomos duros demais ao recomendar que você e a sua família aguardassem mais um ano antes de se juntarem à nossa filial da Jack e Jill, mas agora vejo que estávamos certos. Sinto dizer que jamais poderia recomendar você para a nossa associação. Você traz o pior do gueto e acha que é melhor que outros pretos. É uma neguinha metida[12] e isso será a sua ruína, se Fátima não o for.

Sinceramente,

---

12 No original, *uppity Negress*. Antes um termo artístico referente à escultura de mesmo nome do francês Jean-Baptiste Carpeaux, do ano de 1868, hoje é utilizado de forma pejorativa para referir-se a uma mulher preta. (N. T.)

Dra. Lucinda Johnston, psicóloga
Terapeuta licenciada
Autora de *Instruindo uma criança*
Integrante do Comitê de Boas-Vindas: Escola Primária de Westwood
Coordenadora de Eventos: Jack e Jill - filial de Claremont

***

13 DE OUTUBRO DE 1991

Lucinda,
Não irei nem responder isso.
Irei, no entanto, dizer que se alguém aqui é metida, é aquela que, entre nós duas, tem duas criancinhas mimadas que já fizeram com que três *au pairs* diferentes se demitissem. Aliás, quem é que usa esse termo? Se elas não forem francesas (e tenho certeza de que a sua prima Shaquanna não é), elas são babás! Babás! E se elas são da sua família, então são apenas alguém que olha seus filhos ou parasitas que precisavam de um lugar para ficar.

Essa tendência burguesa e a forma como ela faz com que você não consiga se conectar com as suas crianças é metade do seu problema; a outra metade talvez não possa ser consertada sem medicamentos. A parte boa é que você pode prescrever receitas para si mesma. Ah, não, espera, você não é esse tipo de doutora.

Não tenho que esconder quem é o pai biológico de Fátima, mas certamente não gosto da falta de educação e persistência de Christinia em usar o termo "preto sarnento"[13].

E como posso ser "metida" quando nunca tive nenhuma ajuda e era mãe solteira até me casar com Jordan? Se ter, por conta própria, estudado e me tornado a pessoa com o mais alto nível de educação na minha família, sem a ajuda de ninguém a não ser Deus, faz que eu seja metida, então tudo bem. Somos pessoas humildes, apesar do nosso alto nível de educação e das

---

[13] No original, *African booty-scratcher*, que significa "coçador de traseiro africano". Termo pejorativo utilizado por pretos americanos para se referirem aos pretos africanos. Considerado extremamente ofensivo, ele faz referência aos cartazes comuns de ONG's em ação na África, que costumam mostrar crianças em situação de miséria coçando seus corpos. (N. T.)

nossas finanças, e temos mais classe em nossos excrementos do que você tem em toda a sua família assassina de hamsters.

E, sim, ainda há um pouco de gueto em mim, o suficiente para dizer quem sairia perdendo se chegarmos às vias de fato. Nunca estamos longe demais de Oakland ou do Southside.

Sejamos realistas,

Mônica

***

13 DE OUTUBRO DE 1991

Mônica,

Eu acredito que isso foi uma ameaça. O Departamento de Polícia de Claremont não levará isso na brincadeira.

Ainda que eu não aprove o fato de Chrissy usar o termo "preto sarnento", ela estava apenas descendo ao nível de Fátima ao usá-lo. É como dizem, se Fátima vive procurando sarna para se coçar...

Eu não sei de onde você tira esse "folclore africano" que Fátima vem espalhando pela escola, mas acredito que nenhuma pessoa que tenha recebido uma mínima educação contaria histórias da Mamie Waters, que vai "deixar você careca" se você mergulhar na água. Gastei horas consolando Christinia e a convencendo de que a demora para o cabelo dela crescer não está relacionado com as aulas de natação dela ou com sereias mitológicas africanas.

E mande Fátima parar de colocar bilhetes com alfinetes na mochila de Chrissy quando ela não estiver observando. Chrissy poderia se machucar com um desses alfinetes sujos, conhecendo as pessoas do seu convívio, e acabar com hepatite A, B, C ou pior. E diga também para ela parar de perturbar Chrissy com insultos lamentáveis sobre a sua aparência e a sua "pele escura de crioula".

Tentei resolver as nossas diferenças falando diretamente com você e com a sra. Watson, mas não terei outra escolha a não ser entrar em contato com o diretor Lee – além da polícia – caso isso persista.

Lucinda

***

14 de outubro de 1991

Lucinda,

 Só você tem a capacidade de insinuar algo tão horrível quanto machucar uma criança de propósito com um alfinete sujo, mas, relembro, foi Christinia quem colocou aquela tacha na cadeira de Renee Pott ano passado, fazendo com que ela tivesse que tomar vacina contra tétano. Mentes perversas pensam de modo semelhante, ao que tudo indica.

 Posso dizer com toda a segurança que Fátima jamais tiraria sarro de alguém por ser escura demais e também não usaria a palavra "crioula" em uma frase. Na verdade, ela voltou para casa chorando ano passado quando Christinia a chamou de mulata, mas eu a orientei a perdoar Christinia.

 Jordan e eu não criamos Fátima, nem nenhum de nossos filhos, para praticar colorismo ou perpetuar o racismo com os nossos, uma das razões pelas quais eu jamais participaria de uma organização como a Jack e Jill. Nós nos inscrevemos somente por acharmos que poderíamos encontrar ali pessoas pretas que pensassem como nós, mas se você é a representante deles, já não queremos mais. O teste da sacola de papel pardo[14] pode não existir há algum tempo, mas a mentalidade de escravizado ainda existe. E a sua Chrissy está careca porque você não sabe como cuidar nem do próprio cabelo, então, imagina do dela. Não culpe a Mami Wata por isso.

 Agora vejo que a Christinia está culpando a Fátima por muitas coisas que ela (Christinia) faz a si mesma. Você provavelmente não leu *Charles*, aquele conto de Shirley Jackson, leu? Eu imagino que seja difícil para você processar isso, mas algumas crianças – sobretudo aquelas que não recebem o apoio necessário em casa – fazem essas coisas.

---

14 Forma de discriminação racial difundida na história oral afro-americana, em que o tom da pele dos indivíduos pretos era comparado com a cor de uma sacola de papel pardo para determinar se poderiam ou não ter certos privilégios – quanto mais escuro, menos privilégios eles tinham. (N. T.)

Esqueça meu número e endereço e pare de fazer com que sua filha faça o seu trabalho sujo.

M

***

14 DE OUTUBRO DE 1991

Mônica,

Fique azul.
Fique azul.
Fique azul, azul, azul.

Veja, escrevi um poema. Talvez deva enviá-lo para a revista *Ladybug*. Com amor,

Lucinda

***

15 DE OUTUBRO DE 1991

Lucinda,
Você precisa de Jesus. Não volte a me escrever, ou vou entrar em contato com meus advogados.
Pedi para que a sra. Watson checasse a mochila de Fátima à procura de cartas suas e especifiquei que não quero nenhum contato com você ou Christinia. Você também está proibida de falar com Fátima.

Mônica

Jack e Jill
Filial de Claremont
1402 Wedgewood Ave, Claremont, CA 91711

***

Drs. Jordan e Mônica Willis
730 N. Briarwood Ave
Claremont, CA 91711

15 DE OUTUBRO DE 1991

Cara dra. Willis,
Viemos por meio desta convidar formalmente você e a sua família para o nosso baile de gala anual da Jack e Jill, a ocorrer no dia 25 de outubro de 1991. O traje é formal. Favor responder usando o cartão em anexo. Esperamos vê-los por lá.
Se você recebeu este convite, foi um equívoco.

Anônimo

***

18 DE OUTUBRO DE 1991

Lucinda,
Estou começando a achar que você é louca. É impossível que Fátima tenha chamado a avó de Christinia (que ela descanse em paz) de v..., tampouco a chamou de "vazia". E tenho certeza de que ela nunca disse "fico feliz que ela tenha morrido". Nós não deixamos Fátima ter contato com palavrões. Não é a nossa filha que se gaba de ter matado hamsters e os colocado em montanhas-russas para ver se seus olhos saltariam.
É uma pena que você e Christinia tenham tantos problemas para ler e escrever, porque essas histórias poderiam desbancar qualquer história de crime baseada em fatos reais por aí. E esse fato deveria assustar você, porque são aqueles que começam com roedores que, depois, passam para bebês e avós, que eles descansem em paz (!). Onde Christinia estará em dez anos? Você quer vê-la chegar até esse ponto?

Estou solicitando uma reunião com o diretor Lee, a sra. Watson, você e o sr. Johnston para que possamos cortar esse mal pela raiz de uma vez por todas.

Mônica

Drs. Jordan e Mônica Willis
730 N. Briarwood Ave
Claremont, CA 91711

***

21 DE OUTUBRO DE **1991**

CC: Michele Watson

Caras sra. Johnston e sra. Willis:
Chegou ao meu conhecimento que ambas as vossas filhas, Christinia e Fátima, envolveram-se em uma violenta briga na escola. Como vocês sabem, esse comportamento viola não somente o código de conduta de Westwood, mas também os nossos valores fundamentais enquanto escola, sendo punido com a expulsão.

Estou enviando esta carta como adendo à discussão que tive com cada uma de vocês ao telefone. Gostaria de encontrar-me com ambas e também com a sra. Watson assim que possível. Minha secretária irá agendar a reunião.

Atenciosamente,

Diretor Lee

Albert Lee
Diretor da Escola Primária e Secundária de Westwood
201 Highland Hills, Claremont, CA 91711

***

Drs. Jordan e Mônica Willis
730 N. Briarwood Ave
Claremont, CA 91711

25 DE OUTUBRO DE 1991

Caros drs. Willis:
A direção da escola e eu agradecemos pela vossa generosa doação e por concordar em participar do Comitê de Boas-Vindas da Westwood. Dada a clara melhora no comportamento de sua filha, concordamos em rescindir a ameaça de expulsão da Fátima de nossa escola.
A reputação de nossa escola depende dos esforços e envolvimento de pais como vocês.
Atenciosamente,

Diretor Lee

***

3 DE NOVEMBRO DE 1991

Lucinda,
Obrigada por convidar Fátima para a festa de Chrissy. Ela ficará muito feliz em comparecer.
E obrigada pela adorável cesta de frutas. Você é mesmo terrível! É verdade, a sra. Watson fica horrível com aquela cor e, ainda assim, o diretor Lee acha motivos para olhar para ela. Mas não direi mais nada por escrito.
Jordan e eu conversaremos a respeito dos comes e bebes da festa de Jack e Jill com você quando nos encontrarmos.
Beijos e abraços,

Mônica

As defesas do corpo contra si mesmo

A parte de trás do pescoço da mulher já está suada. O líquido forma poças nas rugas escuras atrás das suas orelhas e em volta da gola da camiseta longa. Ela usa calças largas de moletom e grossas meias brancas durante a aula. Em pé na parte de trás do tapetinho, coça o tornozelo com o dedão do pé, vira-se de repente e sorri. Eu desvio o olhar, irritada pela expectativa de familiaridade dela. Foco em alinhar a parte da frente da minha esteira com uma das ripas desgastadas do chão de madeira polido. Observo o rosto dela pelo espelho. Ela poderia ser uma prima distante, com um nariz não muito diferente do meu, mas é gorda.

 A sala sempre cheira à umidade mesmo antes do início da aula, enevoada pelas exalações profundas, pelos nódulos linfáticos drenados, odor corporal e o vapor que os alunos da aula anterior deixaram para trás. Corpos se dobram e se desdobram, ajustando-se em um discurso quieto no espaço aquecido. A nova mulher tem dificuldade em fazer a Postura da Águia, mesmo com um pé dobrado em torno do tornozelo. Biniam para ao lado dela, coloca gentilmente uma das mãos em suas costas e diz:

— Pode ser mais fácil se você tirar as meias.

 Não consigo ver os pés dela com detalhes após ela embolar as meias e colocá-las no chão, mas imagino que fiapos de algodão grudaram em sua pele escura. Levanto o pé mais alto e pressiono o calcanhar no lugar em que minhas coxas se encontram com o osso púbico. Estou vestindo short curto e um top esportivo, a vestimenta comum das mulheres dessa aula. Se a nova mulher preta é insegura a respeito da largura das roupas e do próprio corpo, o rosto dela, agradável, não deixa transparecer.

— Relaxe o seu rosto — Biniam diz para mim. Tento afrouxar minha mandíbula, deixando o suor correr da testa pelos braços desnudos. A mulher está me observando pelo espelho. Fecho os olhos.

***

No verão em que completei onze anos, meu corpo não parava de suar. Antes disso, eu recebia o calor seco de Inland Empire, imaginando-me como um lagarto marrom, tomando um banho da luz vermelha do sol sobre uma rocha plana, camuflada, até que meus pais me chamassem para dentro de casa, dando sermões a respeito da insolação. É o tipo de calor de que ainda sinto falta em Nashville, tão úmida e cheia de folhas. Nashville assemelha-se mais ao Estúdio Bikram que eu frequentava lá, úmido o ano todo. Upland, na Califórnia, não é exatamente úmida, exceto nas manhãs de névoa. Durante o inverno pode fazer bastante frio, mas um frio seco e silencioso. Nos vales não há elevação para levar o calor e, então, o frio se assenta em cima de tudo como poeira.

Meus colegas de classe da sexta série, notando a minha hiper-hidrose repentina, e liderados por Christinia, chamavam-me de Transpirátima. Fátima Transpirátima. Eu parecia ser a única que transpirava tanto no frio quanto no calor. Transpirava em vestidos estampados com margaridas e em camisetas com girassóis. Transpirava nas jaquetas e casacos que usava o dia inteiro para esconder o suor. Transpirava durante os exercícios feitos para tal fim, que só faziam com que eu transpirasse ainda mais e ficasse ainda mais envergonhada do suor, transpirando enquanto tentava escondê-lo.

— Isso é ansiedade — um médico disse, mas nem minha mãe nem eu concordávamos em tomar pílulas para acalmar os meus nervos naquela época. — Há algum histórico de trauma?

Minha mãe e eu olhamos uma para a outra e, então, de volta para ele, balançando a cabeça ao mesmo tempo em sinal negativo. Talvez tivesse a ver apenas com estar naquele corpo em específico, um corpo tão diferente de todos os outros na escola, que não fazia as mesmas coisas que as outras pessoas faziam ou que as fazia em demasia. Eu iria me esforçar mais para relaxar, meus pais e eu concluímos.

— Seja um termostato, não um termômetro. Não seja reativa. Seja um termostato, não um termômetro. Termostato. Termostato. E aguente firme.

A voz da minha mãe se confundia com a de Wilson Phillips, compondo a trilha sonora do nosso trajeto diário. O suadouro geralmente começava todas as manhãs entre Fairwood e Rio Road, quando virávamos a esquina e caminhávamos o quarteirão que levava à escola. Eu sofria de ansiedade dupla, antecipando os julgamentos do dia e a implacável umidade que deixava todas as minhas camisas permanentemente marcadas com manchas verdes e amarelas. Fazia uma lista mental de possíveis revides, respostas prontas para os insultos que certamente seriam disparados em minha direção durante o dia na escola. A lista nunca me ajudou.

Eu não era boa em inventar réplicas, mesmo quando as praticava antes. Tinha a minha resposta-padrão, "nem ligo", que vinha acompanhada de uma virada de cabeça e revirada de olhos. E tinha também a "Hum, talvez você só esteja descontando frustrações suas", algo que eu ouvi em algum programa de rádio. E tinha respostas moralizantes, muitas delas: "Um dia você irá se arrepender de não ter feito a coisa certa, como eu faço". Essa nunca funcionou. Fazer a coisa certa é algo muito abstrato; as crianças não conseguem entender e, para ser sincera, eu também não entendia. Eu podia apenas aguentar firme por mais um dia, agarrando-me à ideia de que seria recompensada em algum momento, porque não havia mais nada em que pudesse me agarrar. As melhores respostas sempre me surgiram quando estava em meu quarto, horas depois, assistindo à reprise do *Novo Clube do Mickey* ou outros programas infantis e remoendo os acontecimentos do dia. E desejando que, quando levantasse os meus braços, eles estivessem tão secos quanto os de Stacy Ferguson ou Rhona Bennett.

Naquele ano, consegui passar pelos primeiros meses de escola sem grandes incidentes. Mas, no fim do outono, durante uma aula de matemática da sétima série, passei pela pior provação de todas até então. Christinia havia se aproximado para apontar o lápis, foi o que ela disse, mas ela passou pelo apontador fixado na parede e enfiou o nariz perto do meu casaco com um olhar que misturava satisfação pessoal e desgosto. Era um casaco com pelos em volta da touca e quente demais para mim ou para um dia como aquele. Minha mãe havia insistido que eu o usasse porque havia uma friagem no ar e, quando o suadouro começou, continuei com o casaco, apesar de a sala de aula estar quente.

Nunca entendi como Christinia escolhia quem seria seu alvo a cada dia. Eu não era a única, mas era a favorita dela – a única outra menina preta, aquela com um nome diferente, a menina que, por vezes, insistia em usar roupas dos anos oitenta nos anos noventa. Quando a conheci, na segunda série, imaginei que Christinia e eu seríamos amigas. Tínhamos tanto a cor da pele quanto a inteligência em comum, ambas as nossas mães eram doutoras, e minha mãe queria que eu tivesse uma amiga preta; amigas pretas, se houvesse outras de nós disponíveis. Ela dizia que isso completaria a minha experiência, mas, na verdade, acho que era uma das maneiras pelas quais ela poderia justificar ter me matriculado em uma escola predominantemente branca. Mas Christinia e eu éramos diferentes. Ela era o tipo de garota preta que usava cabelo sintético, coisa que eu jamais faria, e que se gabava de ter "sangue indiano" para ouvintes brancos que pareciam entediados ou entretidos, mas, definitivamente, nada impressionados. O estômago dela a fez uma das garotas mais pesadas da sala e, quando tive coragem de desprezá-la, fiz questão de ostentar minha magreza – a única coisa desejável em meu corpo – em comparação com a tendência dela a ser gordinha. As pessoas podiam inventar apelidos, mas eu me certificava de que ninguém jamais poderia me chamar de Fati ou Fatty[15].

***

Biniam nos guiou da Garudasana (Postura da Águia) à Supta, que significa Postura da Deusa Reclinada. Biniam é meio afro-eritreu, etíope, com um nariz fino e cachos grossos e brilhantes. Ele diz, com aquele sotaque que as mulheres acham atraente:

---

[15] No original em inglês, trocadilhos entre o nome da personagem e a palavra "fat", cuja tradução literal é gordo. (N. T.)

— Fátima, relaxe os seus ombros, suavize o olhar.

Com a nova mulher, somos três mulheres negras nessa aula. Ela cai sobre o estômago flácido em vez de fazer uma suave transição para a Postura do Cachorro Olhando para Baixo, desabando em vez de descer lentamente.

Uma vez, Biniam disse:

— Fátima - cortando a última sílaba -, esse nome é nobre. Você deveria procurar a história dele.

Eu sei qual é a história dele.

— Olhe para dentro - ele diz, vindo na minha direção.

Eu tento, mas continuo a observar a mulher. Os olhos dela flagram os meus novamente. Olho em outra direção.

***

Não sei se foram as diferenças ou a única similaridade entre os nossos corpos que fez com que Christinia me odiasse logo na primeira vez em que me viu. Mas ela expressou o seu desdém por mim durante os cinco anos que se seguiram, de modos esporádicos e desconexos, intercalados com gentilezas. A imprevisibilidade tinha como resultado o abuso emocional. Em um dia ela levantava a minha camisa na frente de toda a classe, revelando a camiseta rosa embaixo que deveria ser um sutiã e, no dia seguinte, me presenteava com algo muito caro, como o estojo da Hello Kitty da loja da Sanrio, aqueles com compartimentos e borrachas combinando.

— Quem dera eu tivesse pinças boas para tornar isso mais fácil - ela disse certa vez, enquanto me ajudava a remover uma farpa de minha mão úmida após um acidente na trave de equilíbrio. Eu mal senti a pontada quando ela esticou a pele da minha palma e segurou o pequeno pedaço de madeira entre o indicador e o dedão. — Consegui.

— Não machucou - eu disse, examinando o pequeno buraco rosa que Christinia havia deixado na palma da minha mão.

Ela ponderou um instante e, então, agarrou novamente a minha mão.

— Você tem muitos calos - ela disse.

— São das barras do parquinho. Lembra no primário? Eu costumava brincar nelas todos os dias.

— A minha mãe diz que os calos são as defesas do corpo contra si mesmo - Christinia disse.

A mãe dela não era esse tipo de doutora – ela tinha doutorado, como a minha mãe, e ambas faziam questão que todos soubessem disso –, mas Christinia era como um livro de medicina ambulante. Ela continuou segurando a minha mão.

— Eu posso ler a sua sorte – ela disse.

— Eu não acredito nessas coisas.

Eu dei um passo para trás, puxando minha mão.

— É rapidinho – ela disse.

Um calor se passou entre nós e ela correu o dedo sobre minha palma.

— Você vai morrer cedo – ela enunciou seriamente.

— Onde diz isso? – Eu puxei minha mão novamente para poder olhar por mim mesma.

Ela riu. Era uma risada gutural, quase escarrada, com um som estridente no fim. *Hihihihi*, como se ela usasse a vogal errada. Quem ri com som de *i* em vez de *a* ou *e*?

— Você é tão ingênua – ela gritou e saiu correndo.

Mais para a frente, ainda naquele ano, nós nos envolvemos em uma briga que quase fez com que ambas fôssemos expulsas – pela segunda vez –, porque, segundo Christinia, eu achava que era melhor que ela. Christinia fazia com que eu me sentisse confusa e instável. Eu fugia dela; ela me procurava.

No dia em que ela me cheirou, eu a ouvi se aproximando. Enquanto caminhava até o apontador, ela emitiu os sons que sempre fazia quando estava pronta para zombar de algo. Eu ouvi a risadinha dela, quase um relincho, *hihihi*, o mesmo som que ela fez quando, na segunda série, a caminho do apontador, convenceu Rhianne a colocar a tachinha na cadeira de Renee Pott. Ela relinchou da mesma forma no dia seguinte, quando descobriu que Renee teve que tomar vacina antitetânica.

Eu sei que não cheirava a Teen Spirit[16]. Não há desodorante que consiga eliminar completamente o odor produzido pela combinação de suor em excesso, ansiedade em excesso, um casaco excessivamente quente e os hormônios que o corpo de uma menina de onze anos produz. Mas, ainda assim, fiquei surpresa quando, como formigas, meus colegas de

---

[16] No original, *I didn't smell like teen spirit*, faz referência à música da banda de rock Nirvana. A canção, por sua vez, foi inspirada em uma marca de desodorante chamada Teen Spirit. (N. T.)

classe foram, um por um, até o apontador na parede e, no caminho de volta para seus lugares, me cheiraram, parecendo sentir algo que tinha "cheiro de mofo", era "nojento" e "bizarro". Fiquei sentada, congelada, com um suor frio escorrendo e desejando estar em outro lugar. A sra. Trebble não demonstrou diretamente ter notado, mas me deu um doce de presente, um Hershey's Kiss um pouco derretido, depois da aula.

Aquele momento foi mais constrangedor do que quando tive que deixar a sala de aula porque havia ficado perturbada com o filme sobre o Holocausto. Foi ainda mais vergonhoso do que quando interpretei errado a doçura de Jason e pedi que ele fosse meu namorado e, compassivo, ele respondeu que não queria ofender, mas não. Foi pior do que todas aquelas coisas porque dizia respeito à minha incapacidade particular de ser normal, de ser uma menina, de ser perfeita o tempo todo ou em parte dele.

Senti todo o corpo queimar naquele dia, mas não chorei na frente deles. Eu nunca chorava na frente deles. Fingia não ouvir os sussurros e risadinhas, e Emily fingia comigo. Almoçamos caladas e nos comunicamos apenas pelo olhar.

— Não se sinta tão mal - Emily piscou. — Todos sabem que Christinia é uma babaca.

— É fácil para você dizer, já que ela nunca enche o seu saco - eu pisquei de volta.

Quando chegou em casa, com a ajuda da mãe dela, Emily se perguntaria por que a única amiga dela era a menina preta suada com o nome estranho. No dia seguinte, fingiríamos que nada havia acontecido. Christinia criaria o apelido Transpirátima, que se espalharia como incêndio pelos armários e corredores, sob o pretexto de ser uma forma de cumprimento. Então, ela iria incomodar Renee ou alguma outra pessoa durante certo tempo.

***

Biniam nos orienta a mudar para Pavanamuktasana, a Postura de Liberação do Vento. Ele é atraente, talvez seja gay. Algumas das mulheres brancas da sala anseiam pela atenção dele, exibindo-se ou fingindo que precisam de ajuda. Se ele está interessado em alguma delas, nunca demonstra. A expressão no rosto dele, marcada por um leve sorriso, nunca muda. Talvez o modo como ele trata a nova mulher seja um pouco mais cauteloso do que com o resto de nós.

***

No verão em que completei quinze anos, o meu corpo não parava de sangrar. Tive pequenos "acidentes" na escola até quando não estava menstruada, tendo um deles culminado em uma mancha criminosa na parte de trás do meu short e em Christinia apontando e rindo enquanto eu andava – tão naturalmente quanto conseguia – da nossa mesa no refeitório para o banheiro das meninas, com o moletom de Emily amarrado em volta da minha cintura para esconder a sujeira e Emily andando atrás de mim para me proteger dos olhares dos demais.

Minha mãe me perguntou gentilmente, mas com medo em seus olhos:
— Você não fez nada com ninguém? Fez?

Em um algoritmo que fazia sentido apenas para a minha mãe e para a minha avó, qualquer contato físico com um menino era intrinsecamente sexual, e qualquer contato sexual significava fecundação. Dessa forma, ficar de mãos dadas levava à penetração, que levava à gravidez, que por vezes resultava em abortos – as únicas explicações que elas conseguiam encontrar para o meu sangramento anormal –, do mesmo modo que sonhar com um peixe significava que alguém na família estava grávida.

— Não – eu repeti três vezes até que a expressão no rosto dela suavizasse e mais duas vezes para a obstetra ginecologista que me perguntou a mesma coisa, uma vez com a minha mãe presente na sala e outra depois de ela pedir para que minha mãe saísse por um momento.

Eu estava apavorada com a ideia de fazer um teste de Papanicolau após ter lido a respeito deles na revista *Seventeen*. Eu não conseguia imaginar o que implicava investigar uma gravidez.

— Nunca nem fiquei de mãos dadas com alguém – eu disse para a médica. Ela tinha a pele marrom e macia e um longo cabelo preto. A minha aparente timidez pareceu resolver o caso para ela; com a minha virgindade tendo sido estabelecida, ela poderia me tratar como uma pessoa em vez de apenas um corpo.

Quando ela chamou a minha mãe de volta para a sala, disse:

— Fátima é uma boa menina. Acho que isso está relacionado com a dieta dela. Não me parece que isso de ser vegetariana seja viável da forma que ela está fazendo. Ela precisa de mais vegetais de folhas verdes. - E, virando-se para mim, perguntou: — Você tem comido o suficiente?

Um belo dia, no ensino médio, ao decidir que éramos amigas, Christinia sentou-se diante de mim no refeitório. Emily jogou o cabelo castanho para o lado em um movimento rápido e trocou um olhar de relance comigo, revirando os olhos, mas, apesar do incidente com o sangue, Christinia já não me causava ansiedade, mesmo que eu ainda fosse ansiosa de modo mais geral. Eu havia crescido e me tornado, de certa forma, mais alta e mais bonita, mas ainda assim não conseguia arrumar um namorado na minha escola. Christinia havia passado de um bebê gordo a uma forma mais madura de obesidade, mas parecia menor no ensino médio, em meio a gente mais alta. Ela se sentava comigo e com Emily e alguns de nossos amigos esporadicamente; tinha tão poucos amigos que eu quase sentia pena dela. Comecei a vê-la como um tumor benigno que tinha a habilidade de aparecer de vez em quando, mas sem representar um perigo verdadeiro.

Comecei a comer o meu almoço-padrão, que consistia em Cebolitos e Coca-Cola diet, fazendo com que cada um dos pequenos anéis de cebola durasse cinco mordidas. Eu não era vegetariana por razões de saúde exatamente e, apesar do conselho da ginecologista, acredito que não tenha comido vegetais verdes até meus vinte anos.

— Dizem que pessoas que viram vegetarianas quando são jovens escondem distúrbios alimentares - Christinia disse, mordendo alguma coisa marrom e molhada que vinha de um prato de isopor.

— Quem diz isso? - eu perguntei, olhando para Emily.

— Estudos médicos. Minha mãe me disse. - Christinia sorveu um pedaço da carne marrom com molho.

— Você e sua mãe poderiam tentar comer menos carne. Ou, quem sabe, só comer menos - eu disse, e Emily e eu explodimos em uma gargalhada, conscientemente, até que ela se espalhasse pela mesa, nas outras garotas. Eu me preparei para um confronto com Christinia, uma continuação das nossas brigas anteriores, mas não aconteceu. Estremeci ao ver, apenas por um instante, a dor nos olhos dela e a observei se afastar da mesa.

***

A mulher nova mostra um surpreendente equilíbrio quando chega a hora de fazer a transição da Postura do Guerreiro III para a do pé para o alto. Ela o faz levantando a perna direita sem esforço.

***

No verão em que completei dezenove anos, já não precisava dos meus dedos ou de uma colher para me esvaziar após comer. Não conseguia digerir grandes refeições. Com a hiper-hidrose sob controle, meu corpo encontrou jeitos novos de sofrer; ele aprendeu a punir a si próprio.

***

— Postura Invertida sobre os Antebraços - Biniam diz -, mas só se você já estiver acostumada a fazer. - Ele olha na direção da mulher nova. — Você pode praticar a Postura do Cachorro Olhando para Baixo com Perna Elevada ou se apoiar em uma parede para que eu possa observar você.

Algumas das mulheres na aula começam a esticar os braços na frente de si, como gatos se esticando para se espreguiçar. Eu consegui fazer a Postura Invertida sobre os Antebraços uma vez em casa, sem a ajuda da parede, e algumas vezes durante a aula de Biniam, com a parede e o apoio dele. Não sei dizer o que aconteceu comigo hoje, por que estou mais competitiva que o normal. Eu me preparo para a pose, colocando todo o meu peso nos antebraços e enrijecendo o abdômen, levanto uma perna alguns centímetros do chão até que esteja bem no alto e trago a outra para que se junte àquela que está no ar.

Consigo ficar na posição, firmando os músculos do meu estômago para usá-los como apoio. Eu me deleito com a minha própria habilidade de levantar meu corpo dessa forma. Não consigo ver a mulher nova, mas sinto que ela está me observando da segurança de sua Balasana, a Postura da Criança.

Não sei dizer quanto tempo fiquei na Postura Invertida sobre os Antebraços; podem ter sido cinco segundos; pode ter sido um minuto. O suor pinga da minha testa na esteira, no espaço entre meus braços apoiados. Mal posso esperar pela Savasana, em que nos deitamos, sem nos mover, e trazemos nosso foco e sensibilização para "estar em nosso corpo". Meus braços desistem e eu tento reencontrar meu equilíbrio ao "ativar o meu centro". Uma perna vai para o lado. Tento aterrissar na Postura da Roda, mas a queda é tão repentina que meu corpo e meu cérebro não conseguem entrar em um acordo sobre a direção a ser seguida.

***

No verão passado, quando completei trinta e três anos, meu corpo começou a sangrar novamente, e o estresse que isso causou reavivou o meu problema com suor. Nada de traumático fez com que essa mudança ocorresse, e a ausência desse trauma é, de certa forma, traumática por si só. Tenho me alimentado direito, bem até, tomado muitos sucos verdes, comido muitas saladas, poucos grãos. Evito comer qualquer tipo de glúten. Meu marido e eu decidimos que eu tentaria parar com o anticoncepcional – que convenci minha mãe que eu deveria tomar depois de mais um acidente no ensino médio –, para que pudéssemos nos preparar para tentar ter filhos.

A pílula havia secado o sangramento por dezesseis anos, mas também havia secado todos os meus outros líquidos. Agora eu tenho que fazer um "detox", limpar-me de meus hormônios sintéticos. Tento acreditar que o sangramento seja apenas parte do meu processo de expurgo, que são as toxinas saindo para me deixar renovada por dentro, como o suor deveria fazer na hot yoga, como aliviar-se após uma grande refeição. Se me levanto rápido demais, após uma inversão, o que não deveria fazer de todo modo, porque faz com que minha "condição" fique pior, eu, por vezes, sangro muito; repito para mim mesma que é apenas geleia de amora, nada para me preocupar. A anemia resultante faz com que eu seja passível a desmaios.

Ouvi dizer que Christinia é uma obstetra ginecologista em algum lugar no Sul, talvez aqui em Tennessee. Tornou-se uma especialista em desequilíbrios hormonais. Engraçado que ambas tenhamos nos mudado para tão longe da Califórnia, em uma espécie de migração reversa ironicamente compartilhada. Engraçado que ela cuide de "problemas femininos" agora, quando, na época, ela era o meu problema. Às vezes, pergunto-me se a mulher preta pela qual passei na rua é ela. Se eu, sem perceber, acenei por reconhecê-la ou fingi que não a vi para evitar o contato visual. Quando procuro por novos médicos, analiso as listas de contatos, evitando qualquer uma que se chame Chrissy, Christinia, Christina. Eu me pergunto se não estou tomando as decisões erradas. E se, de alguma forma, somente ela pudesse me dizer o que há de errado comigo, pudesse ler o meu corpo melhor que uma estranha?

***

Quando a minha cabeça bate no chão, eu não sinto a dor de primeira, apenas o impacto. Mordo a minha boca e sinto algo úmido, o sabor do meu próprio sangue ao mesmo tempo estranho e conhecido.

A claridade das coisas me atinge. Vejo cores de modo mais brilhante, ainda que brevemente. Eu entendo. Às vezes, o inimigo que se parece com você é um treinamento para o inimigo que você mesmo representa. A violência que vem de dentro atenua a violência que vem de fora. Ela prepara você, cria calos, preenche buracos.

A outra mulher preta, a nova, não tem fiapos brancos nos pés. Eu os vejo bem de perto quando ela se aproxima – assim como Biniam e metade das pessoas na aula – para verificar se estou bem. Há apenas quatro pés pretos, para além dos meus, dentre os outros pés e, então, é fácil reconhecer os dela. Seus dedos dos pés estão pintados de fúcsia.

— Eu sou enfermeira – ela diz, pairando acima de mim. — Não toquem nela. - Ela checa as minhas vias respiratórias e levanta o meu corpo para a Postura Lateral de Segurança.

O calor e o cheiro da sala são nauseantes. Sem conseguir evitar, vomito. Todos se afastam, com exceção dela.

— Parece uma concussão – a enfermeira preta diz.

Os pés de Biniam desaparecem do meu campo de visão. A mulher toca a minha testa, meu cabelo, sem nenhuma repulsa do meu suor na mão dela. Instantes depois, ou talvez minutos depois, não tenho certeza, sou levantada por alguém – não ela, já que ainda consigo vê-la – para uma maca.

Se a aula continuar sem mim, vou perder a Savasana, minha parte favorita. Sinto o cheiro do meu próprio suor, o gosto da bile no meu hálito e do sangue no lugar em que mordi minha boca. Meu corpo falhou comigo novamente. Ainda que eu o tenha surrado, ele não se conformará. Seis meses depois, após a primeira de muitas cirurgias, uma médica pronuncia a palavra "endometriose" como a causa dos meus sangramentos. Ela removerá os remendos e implantes que cobrem os meus órgãos; os cistos cor de chocolate voltarão a crescer, de novo e de novo. Anos depois, eu me perguntarei por que competi com aquela mulher na aula, por que a Christinia competia tanto comigo. Anos mais tarde, estarei mais informada, mas não melhor.

 Minha cabeça e torso estão imobilizados, mas ainda consigo mover meus dedos das mãos e dos pés. Enquanto eles me carregam para a van, eu esparramo meus membros pela maca e faço a minha própria Postura do Cadáver. Fico deitada, imóvel, fazendo movimentos imperceptíveis em meu cérebro, rastreando meu corpo, analisando cada uma das partes dele, as defesas que tem, tomando consciência. Eu me lembro de fazer isso na ioga desde que era pequena. Gostaria de estar mais evoluída.

O ventriloquismo de Fátima: uma história de transformação

Há histórias melhores que poderiam ser contadas a respeito de Fátima. Nos anos noventa você podia ser o que quisesse (alguém havia dito isso no noticiário) e, em 1998, Fátima sentia-se pronta para se tornar preta, totalmente preta, *baa baa black sheep black*[17], preta como os cotovelos e joelhos de quem se ajoelha para rezar, se ao menos alguém a ensinasse.

Até aquele momento ela havia existido como uma espécie de gás incolor, ou um pouco de umidade, deixando um resíduo de algo familiar, marcas de suor em uma camiseta, hálito quente na parte de trás de um pescoço, anéis de condensação na madeira, mas nunca a plenitude de nenhuma matéria que os formasse.

Na semana em que conheceu Violet, Fátima havia recitado "Um discurso para as mulheres, pela sinceridade de suas melhores amigas"[18] antes da aula da turma avançada de inglês do segundo ano do Ensino Médio. Ela se maquiou com perfeição naquela manhã, mas os outros estudantes praticamente não olharam para ela, ocupando-se, em vez disso, com a troca do grafite de suas lapiseiras ou dando petelecos em bolinhas de papel, tentando acertar gols feitos com os dedos – mesmo durante a parte em que ela recitou com mais ênfase: "Ah! triste, perversa, degenerada raça/ A monstruosa cabeça deforma a caraça". Eles bateram fracas pal-

---

17 Cantiga de roda considerada de cunho racista. (N. T.)
18 Poema publicado de forma anônima na edição de julho de 1788 da *American Magazine*. (N. T.)

mas por alguns segundos enquanto Fátima voltava emburrada para a mesa. Mas todos se sentaram em posição de alerta quando Wally "The Wigger"[19] Arnett recitou "Incidente" e disse a palavra que sempre fazia as crianças brancas prestarem atenção.

— Sabe, eu me identifico com Countee Cullen e tudo o mais – disse Wally, com suas sardas marrons e cabelos castanhos em um corte desarrumado, terminando a frase. — Ele era um homem preto e era, tipo, oprimido por ser quem era e tal.

As mãos se uniram em aplausos efusivos enquanto Wally retornava para seu assento, perto de Fátima, deixando transparecer que esperava um cumprimento. Ela revirou os olhos, mas não conseguiu articular sua fúria de modo mais específico. Depois, naquela mesma manhã, quando Wally perguntou, pela quarta vez durante aquele semestre, se ela havia escutado as músicas dos rappers da gravadora No Limit, ela avançou contra o rosto dele. Ela já havia tentado explicar antes para Wally, em muitas palavras e olhares tortos, que ele não era e não se tornaria um homem preto honorário por gostar de Master P. Ele sustentava um sorriso vago que Fátima, por vezes, lia como sinal de presunção e, outras vezes, falta de interesse, mas nunca parecia ouvir o que ela dizia. Ele, que não ouvia, ia, no entanto, sentir — ou teria sentido, se a sra. Bishop não tivesse mandado Fátima para o escritório do diretor para "se acalmar" antes que as pontas das unhas dela pudessem arrancar alguma das sardas de Wally.

Não era justo, Fátima pensava, que Wally fosse ovacionado, e fosse até mesmo um tanto popular, pelas camisetas de marcas de hip hop e tênis de basquete com as etiquetas ainda penduradas que usava, e tenha sido Fátima que foi chamada de "superstar do gueto" no dia em que fez o contorno dos lábios com lápis escuro. Também não era justo que ela recebesse um alerta do diretor Lee por "parecer que poderia se tornar violenta", quando Wally disse "preto crioulo" e foi aplaudido. Ela ainda estava pensando em Wally quando encontrou Violet pela primeira vez.

---

19 Wigger é um termo em inglês usado para designar pessoas brancas que emulam características da cultura negra. É formado pela mistura das palavras "white" (branco) e "nigger" (negro, mas com cunho pejorativo e racista). (N. E.)

Elas se encontraram no Montclair Plaza, onde a mãe de Fátima, Mônica, a havia deixado, com as recomendações de que ela não deveria (1) gastar mais do que a mesada de cinquenta dólares; (2) usar o seu cartão de crédito emergencial para coisas que não fossem de fato emergenciais; ou (3) se misturar com a ralé, com os desordeiros ou ficar grávida enquanto estava lá. Era muito improvável que a recomendação número três acontecesse, Fátima sabia que Mônica tinha consciência disso, mas, ainda assim, deixava avisado.

Fátima estava amuada perto do balcão da Clinique com o *discman* pesado dela enfiado em uma pequena mochila e os fones de ouvido pendurados no pescoço, tentando decidir-se a respeito da cor do batom. A universitária detrás do balcão a ignorou, conversando com uma das colegas de trabalho e, em situações assim, Fátima costumava comprar algo caro apenas para mostrar para a vendedora que tinha o poder de fazê-lo. Uma menina loira de cabelos curtos surgiu ao lado dela e disse:

— O cor de vinho é bonito, mas você poderia usar algo mais escuro.

Pela visão periférica, Fátima enxergou o cabelo primeiro. E, por isso, ela ficou surpresa com o que viu depois. Uma voluptuosa – de fato, essa é a única palavra que se encaixaria - menina com um largo nariz e traços negroides estava parada ao lado dela. Fátima tinha uma amiga albina na pré-escola que usava grossos óculos vermelhos e, certa vez, ficou com as bochechas quase da mesma cor deles ao fazer xixi nas calças durante a hora da soneca. Ela reconheceu traços semelhantes em Violet.

— Mas você pode comprar a mesma coisa na Claire's e será mais barato — Violet disse. — Não é como se as mulheres de sua família estivessem tentando te ajudar, de qualquer modo.

A vendedora, mais achando graça do que ofendida, virou-se na direção delas e disse "Posso ajudar?" ainda que a voz dela, na verdade, parecesse querer dizer "dá o fora".

— Eu ainda estou... — Fátima começou, mas a menina loira e preta continuou:

— Nós gostaríamos de algumas amostras dos batons, naquela cor. — Ela apontou na direção de Fátima, para um pote de gloss escuro. — E naquela também.

— Nós somente damos amostras — a vendedora disse — para...

— Para todo mundo que pede, certo? — Violet finalizou a frase.

A vendedora fechou a cara, olhou de volta para a colega, olhou para Violet e Fátima e mostrou a carranca de novo.

— Vou pegar as amostras para vocês — ela disse.

Fátima considerou colocar os fones de ouvido de volta e tentar flutuar para fora da loja de departamentos, para longe da menina barulhenta com traços dissonantes e voz estrondosa.

— Aqui está — Violet disse, entregando o gloss escuro no pequeno pote para Fátima.

— Pode ficar com ela — Fátima disse, tentando evaporar na direção da área dos sapatos.

— É para você — a menina disse, seguindo-a.

E foi assim que elas viraram amigas, ou algo parecido.

***

Foi o julgamento de Violet – "Você é, tipo, muito que nem uma garota branca, não é?" – que fez Fátima se mexer. Naquele mesmo dia, elas estavam tomando sorvete na praça de alimentação e Violet mostrou para Fátima como conseguir amostras na Estée Lauder, Elizabeth Arden e MAC. Fátima sentia-se como uma criminosa, atacando os estoques das relutantes vendedoras, mas ela havia conseguido uma bolsa quase cheia de mercadorias, perfumes, brilhos labiais e lenços umedecidos sem ter gasto um único centavo de sua mesada. Já estava bom demais para ser verdade, por isso ela não ficou triste quando Violet disse "garota branca", mas quase aliviada pelo inevitável.

Fátima já havia sido acusada de embranquecimento e de ser uma traidora da raça antes, a cada vez que ela se manifestava na escola dominical da Igreja Metodista Episcopal Africana ou visitava a família no sudeste de San Diego (sudeste, um marco geográfico universal para o gueto) ou quando um menino bonito que estava quase para chamá-la para sair, recuava, dizendo:

— Você estuda em escola particular, não?

Era por isso que ela não tinha nenhum amigo negro — e porque, ela pensava, preocupada, nunca teria um namorado, nem mesmo um folgado só para irritar a sua mãe.

As acusações a ofendiam, mas ela não fazia nada além de chorar escondida, ou reforçar ainda mais sua melancólica crença de que a escola na qual estudava, Westwood Prep, e os trabalhos altamente qualificados e muito bem pagos dos pais, a tornaram uma estranha entre pessoas negras. Em vez de responder, ela geralmente aumentava o volume de seu *discman*, mergulhando nos sons remotamente pretos, mas diretamente brancos, do ska e do punk, cantando até perder o fôlego, "*I'm a freak, I'm a freak*" (no ritmo de Silverchair, não Rick James). No momento ela gostava principalmente de ler Charles Brockden Brown e sonhar acordada com um namorado doentio como Arthur Mervyn. Se as pessoas pretas não queriam aceitá-la, ela continuaria se prendendo àquilo que conhecia.

Mas o julgamento de Violet tinha mais peso, a crítica dela apresentava uma possibilidade de transformação. Quando uma menina preta com olhos naturalmente verdes, cabelo loiros, peitos grandes e bunda redonda diz que você, com sua pele negra e cabelo escuro, não é preta o suficiente, você a ouve.

— Não é como se eu estivesse tentando ser branca. É apenas que é isso que tenho em volta de mim.

— Você não tem amigos da igreja? Você é adotada? Seus pais também são brancos? — Violet não parecia querer uma resposta. — Onde você vive?

— Com meus pais. — Fátima se perguntava se havia algo de errado com Violet por fazer uma pergunta tão estúpida.

— Quero dizer onde você mora — Violet disse.

— Upland.

— Há pessoas pretas por lá. Meu primo Frankie mora lá — Violet disse, mastigando os pedaços de sorvete de um modo que provocava arrepios em Fátima. Ela usava uma blusinha branca apertada, calças cor de creme da Dickies e um tênis branco da Adidas.

— Sim, mas não na minha rua. — Fátima usava um cardigã rosa, calças da Dickies na cor preta e tênis de skatista da Kastels.

Violet parou de mastigar e de falar por alguns instantes.

— Você tem namorado?

Fátima balançou a cabeça em sinal negativo.

— Você tem?

— Estou tentando me decidir entre algumas opções no momento. De qualquer modo, o último está preso em Tehachapi.

Fátima acenou com a cabeça. Ela tinha um primo que havia passado algum tempo preso lá. Ele a chamava de burguesa e, uma vez, ela o chutou no rosto, zombando dos lábios gordos dele e da inabilidade de conquistar alguma garota.

— Estou brincando — Violet disse. — Nem todos nós vamos para a prisão.

Fátima gaguejou.

— Já percebi que vou ter que ensinar muitas coisas para você. Você está pronta?

Violet quis dizer se ela estava pronta para irem embora da praça de alimentação, mas Fátima tinha muito mais em mente quando disse:

— Sim, estou pronta.

E, então, sua transformação começou.

***

Se ao menos Baratunde Thurston já escrevesse enquanto Fátima crescia, ela poderia ter aprendido como ser preta em um livro em vez do curso de etiqueta de Violet. Até mesmo uma rápida leitura de Ralph Ellison poderia tê-la salvado de muitos problemas, mas ela não estava pronta para Ellison, tão envolvida, como estava, nos dramas de Arthur Mervyn e Carwin, o ventríloquo e outros do tipo. Com a ajuda de Violet, Fátima absorveu o conhecimento sociocultural que lhe faltava – não por osmose ou por meio de uma literatura mais relevante, mas através de um estudo etnográfico comprometido e estruturado.

Ela se dedicou a aprender gírias tão rigorosamente quanto, tempos depois, se dedicaria a aprender espanhol para o seu exame de língua estrangeira na pós-graduação; devorava a revista *Vibe* e assistia ao *Yo! MTV Raps* e *The Parkers*, tentando movimentar a boca da mesma forma que Countess Vaughn em certas frases, para que saísse com a mesma entonação. Uma combinação do sotaque de Nova Jérsei com dificuldade de fala. Quando não conseguia entender esses textos, ela se estimulava com episódios antigos de *Um maluco no pedaço* que passavam sem parar bem de manhã ou tarde da noite, sentindo-se segura com o fato de que, se Ashley Banks conseguiu, após cinco temporadas, se tornar quase tão descolada quanto Will, então ela também conseguiria. O novo vocabulário parecia tão esquisito nela quanto a jaqueta azul-bebê de manga bufante da FUBU que ela encontrou em um brechó no centro histórico de Rialto.

Ainda assim, ela ficou feliz quando Violet olhou-a com aprovação. A pálida Violet se tornou a árbitra da negritude de Fátima, a provedora de tudo o que era autêntico. Ainda que ela tivesse um metro e setenta de altura e fosse corpulenta para a maioria dos padrões – quase obesa para os de Fátima –, Violet poderia ser confundida com Pamela Anderson, a julgar pela forma como andava, como uma dançarina havaiana em um painel de carro, mexendo os quadris e os peitos.

A distância entre a casa de ambas era de quinze minutos, mas apenas sete caso se encontrassem no meio do caminho, com Fátima pegando emprestado o carro extra do pai (o Beamer de 1993, para não parecer que estava ostentando) e Violet conseguindo carona com um dos irmãos ou, de vez em quando, dirigindo o velho Taurus da mãe. Elas nunca se encontravam nas casas uma da outra, para que a opulência de classe média-alta de Fátima não intimidasse Violet, e porque na casa de Violet mal havia espaço para ela mesma.

Violet fez Fátima estudar um guia das dez expressões mais usadas por pessoas negras para avaliar homens atraentes, e ambas praticaram as pronúncias juntas. O auge da gostosura, de acordo com Violet, era ou "ô loco", "nuss", ou "ô lá em casa", como em "se eu tivesse um desses lá em casa, hein?". Essa frase, em especial, requeria a entonação de Countess Vaughn e com frequência incluía gestos espontâneos com as mãos para cima, como se tocássemos um telhado.

Durante as sessões, Fátima segurou a vontade de fazer trava-línguas, zombando da mentoria de Violet, e praticou, assegurando-se que as instruções da amiga lhe proporcionariam, como a Carwin, um "maravilhoso dom" do ventriloquismo.

A seguir vieram os glossários, nos quais Violet explicou as gírias que haviam intrigado Fátima anteriormente. Ela mal podia esperar para substituir o seu tradicional "pode crer" com "podicrê" em uma conversa real, ainda que tivesse problema com algumas das recomendações de Violet, especialmente "negão" e "maloqueiro", que Violet explicou serem termos afetivos.

— Então, basicamente... — Fátima resumiu, imitando Ashley Banks novamente. — Você quer que eu transforme coisas boas em coisas ruins e vice-versa.

— Na maioria dos casos — Violet respondeu.

Fátima tentou sacudir os ombros em uma breve imitação da Bankhead Bounce[20], mas era óbvio que ainda não tinha o gingado.

E foi como uma comédia romântica qualquer, em que a pessoa negra marrenta vai morar com pessoas brancas e as ensina como viver com um pouco mais de cor e coloca algum molejo nas vozes delas, só que Steve Martin não estava no filme, ninguém era uma empregada ou mordomo ou babá, e o romance era entre duas meninas, platônico, e ambas eram pretas dessa vez, ainda que uma não parecesse ser preta e a outra não soasse como uma, ao menos não de forma consistente.

***

— Eles são racistas naquela escola? Não consigo suportar pessoas brancas que se acham — Violet perguntou uma vez enquanto estavam sentadas na mesa de sempre, perto da divisória florida no espaço verde do shopping. Alguns meninos brancos de Hillwood estavam sentados do outro lado, rindo alto.

Fátima não gostava de falar sobre a escola onde estudava, mas todo mundo em Inland Empire conhecia Westwood e Hillwood, rivais dentro e fora dos campos de futebol americano.

— Eu acho que não — Fátima respondeu.

— Como assim você acha que não? Ou é racista ou não é.

Ninguém na escola abriu a boca para chamá-la *daquilo*, como fizeram no poema que Wally leu, mas Fátima pensou a respeito de Wally e sua artificialidade, e o diretor Lee.

— Nem sempre é confortável — ela disse. — Pode ser um tanto quanto estranho, mas eu sou estranha.

— Com certeza você é — Violet riu, e Fátima também riu. Ela estava aprendendo a fazer mais isso e a se sentir autoconfiante com sua franja lateral no estilo de Aaliyah.

Na verdade, a maioria das interações eram mais fáceis com Violet do que com outras pessoas. Violet entendia as coisas. Fátima nunca tinha

---

20 Dança de hip hop surgida em Atlanta e popularizada na música "Wassup Wassup", do rapper L. "Diamond" Atkins. (N. T.)

que explicar por que enrolava os cabelos em um lenço de seda antes de dormir ou por que sempre carregava um tubo de hidratante para mãos, para evitar não somente as rachaduras nas mãos, mas também que toda a pele ficasse acinzentada. Esses hábitos compartilhados validavam Fátima, assim como a compreensão de Violet das inseguranças que Fátima tinha sobre seu corpo.

— Às vezes me sinto mal sobre tudo isso, o suor, o sangramento. Nem sempre me sinto como uma menina normal, sabe? — Fátima disse um dia. — Mas o que é ser normal, de qualquer modo?

— Fato. Isso é profundo — Violet disse, explicando que ela também sentia o peso de seu corpo, porque não se parecia com "o que se espera ser a aparência de uma pessoa negra". Apesar da aparente autoconfiança, Violet confidenciou, ela era complexada a respeito do albinismo. Fátima entendeu quando Violet revelou que o albinismo a marcava como, ao mesmo tempo, desejável pelo tom claro de sua pele, pela cor dos cabelos e dos olhos e, no entanto, desprezada devido a algumas inverdades acerca de seus traços. Fátima havia visto o modo como as pessoas olhavam duas, três vezes para Violet, decidindo como categorizá-la e se ela deveria se beneficiar dos privilégios de ser branca. Violet podia chamar outras pessoas negras, como Fátima, de branca, mas ela ser chamada de branca a fazia cair em prantos. Basta perguntar para o ex-namorado dela e para a ex-amiga, Kandice, do ensino fundamental, que a chamara de Patti Maionese durante um acesso de raiva e apanhou tanto que fez xixi nas calças como a amiga de Fátima na pré-escola.

— Por que Patti Maionese? — Fátima perguntou.

— Você sabe, do Doug. Ela era a menina negra por baixo dos panos, mas se passava por branca, e maionese é branca. É uma piada idiota.

— Patti era negra? — Fátima perguntou.

— Menina, um monte de pessoas tem sangue negro — Violet começou.

Fátima havia ouvido algumas das teorias de Violet antes, durante um jogo que geralmente jogavam ao telefone. A lista incluía Jennifer Beals, Mariah Carey e "aquela esquisita de *Garotas selvagens*", Denise Richards, e agora, aparentemente, Patti Maionese. Quando Fátima sugeriu Justin Timberlake, Violet disse:

— Não, ele é tipo aquele Wally da sua escola.

Emily, a melhor amiga de Fátima desde a segunda série, não conseguia entender as nuances disso e de outras questões, não importava o quanto tentasse e quantas perguntas fizesse – como por que elas não podiam usar o mesmo shampoo quando Fátima dormia na casa dela, ou "O que 'For us, by us'[21] significava", ou por que o lábio superior de Fátima era mais escuro do que o inferior.

    Fátima também criou algumas teorias por conta própria, sem Violet ou a literatura. Sobre o lábio superior marrom e o inferior rosa, Fátima entendeu, ao juntar o que havia aprendido com Violet com o que havia aprendido na escola, que você podia entendê-los como duas almas tentando se mesclar em uma versão melhor de si próprias, ou podia disfarçá-los com maquiagem, realçando, na hora de falar, o lábio que fosse conveniente para a ocasião. Na escola e com Emily, ela realçava o lábio rosa e, com Violet, realçava o marrom, e isso criava tensão apenas se ela pensasse demais a respeito disso.

***

Fátima passou o tempo na escola imaginando o tempo que passaria com Violet após a escola. Ela havia prometido ensiná-la como flertar melhor no próximo encontro e, talvez, arranjá-la para um dos primos, mas não um dos irmãos, pois a "maioria deles não é bom em nada além de irritar a sua mãe, caso você queira fazer isso". Fátima não queria fazer isso.

    Agora, durante a aula, quando Wally the Wigger parecia estar pensando em lhe dizer algo, Fátima fazia uma cara que servia como aviso, "Nem ouse parecer que está pensando em me dizer algo", e ele obedeceu. Na cabeça dela, não apenas havia dito isso em voz alta, mas com a voz de Violet.

    Ela não se importou com o riso estampado no olhar dos pais ao tentar usar uma frase nova ou estilo de cabelo novo, porque tudo estava funcionando. Havia algo de mais bonito nela agora também, e as pessoas pareciam notar antes que ela mesma, porque um menino chamado Rolf, em Westwood – um menino alto e moreno, colega da aula de história, com o qual ela havia trocado algumas reviradas de olhos sobre Wally –, pediu o número de seu telefone.

    Sem pausar ou considerar por um instante, ela lhe passou o número.

---

21 Siglas que formam a marca de vestuário de hip-hop americana FUBU. (N. T.)

Pode parecer, até agora, que Fátima usava, simultaneamente, aparelhos nos dentes, óculos e tinha espinhas na testa, quando, na verdade, você mal precisava olhar para ver o brilho de seu cabelo preto ou o lustro nas canelas, com ou sem hidratante. Fátima sabia dessa verdade de modo instintivo, mas enterrara sua exuberância na vergonha das provocações da primeira infância e uma preferência melancólica pela autopiedade. Era mais romântico sentir-se feia do que fingir que não poderia apenas levantar a cabeça, mostrar seus lindos dentes e fazer um homem cético ajoelhar-se aos seus pés. Apenas não tinha prática, mas tinha esperança de adquiri-la, com Rolf ou um dos primos de Violet, esperançosa de que a transformação houvesse se firmado.

***

Ela havia acabado de retornar do cinema com Violet – onde não apenas um, mas dois meninos tinham pedido o número de telefone dela, embora três tivessem pedido o número de Violet, deixando claro seu interesse pela "voluptuosidade" dela, emitindo grunhidos, sorrisos ao olhar diretamente para a bunda dela – quando a mãe disse:

— Um menino ligou para você.

Não podia ser um daqueles meninos do cinema; isso faria com que qualquer pessoa parecesse desesperada.

— Quem é Rolf? — a mãe perguntou com um sorriso. — E por que você não o mencionou antes?

Fátima quase flutuou até o seu quarto. Ela pensou em ligar para Violet, mas ligou mesmo foi para Rolf, depois, é claro, de uma hora. Dica que ela aprendeu com Violet caso uma situação hipotética como essa ocorresse.

Fátima podia agora, com certa credibilidade, fazer a entonação de sílabas em locais que não estavam antes, recitar os nomes de todos os membros de Cash Money, Bad Boy, No Limit, Wu-Tang, Boyz II Men, ABC, BBD, ODB, LDB, TLC, B-I-G-P-O-P-P-A, Ronny, Bobby, Ricky, Mike, Ralph, Johnny, Tony, Toni e Tone, se ela quisesse. Mas, quando ligou para Rolf, eles falaram sobre skates e The Smiths, cujas músicas Fátima já conhecia antes de Violet.

— The Smiths é muito melhor do que Morrissey — Rolf disse. A voz dele era nasal, mas profunda.

— Mal dá para notar a diferença, já que a voz do Morrissey é tão arrebatadora — ela disse, de seu lábio rosa.

— Não, mas a música dos Smiths era bem mais obscura — Rolf disse. — Você devia ouvir o primeiro álbum deles. Aí você entenderia. Eu tenho em vinil.

— Ok. — Fátima esperou.

Ela notou que ele não a convidou para ir até a casa dele ouvir o álbum ou se ofereceu para emprestá-lo para ela, mas ele ligou dois dias depois e perguntou se ela queria fazer algo no próximo fim de semana, "tipo ir ao shopping ou algo assim, ver um filme?".

Fátima contou até doze, como ditam as regras (as universais, não apenas as de Violet), e disse:

— Sim, isso seria legal — ela quase usou uma gíria, mas conseguiu refrear o impulso. — Qual shopping?

— E qual outro seria? — Rolf disse. — O Montclair Plaza.

Esse seria o primeiro encontro dela e, embora fosse o tipo de coisa que se compartilha com uma melhor amiga, especialmente uma com mais experiência, Fátima sentiu — de um modo mais profundo que machucava seu estômago — que Violet não precisava saber sobre Rolf, ao menos não por enquanto. Ela manteria os próprios lábios em diferentes cores, separando os dois mundos.

***

Na semana anterior ao primeiro encontro, Fátima tentou parecer ainda mais descolada do que era, fazendo mais perguntas do que o usual para Violet a cada vez que se falavam ao telefone. Nenhum dos rapazes do cinema ligou para Fátima, mas um dos três de Violet a convidou para sair, e ela o estava "cozinhando um pouco antes de dar a resposta".

— Aliás, queria saber se você quer assistir *A hora do rush* esse fim de semana.

— Esse fim de semana? — Fátima repetiu.

— Esse fim de semana.

— Eu prometi para os meus pais que iria ficar de babá esse final de semana, eu me esqueci disso — Fátima mentiu, sentindo-se um pouco como uma mancha de gordura em uma camiseta de seda.

— Desde quando? — Violet pressionou.

— Podemos ir no final de semana que vem, ou durante a semana — Fátima disse, e mudou o assunto.

Antes de elas desligarem o telefone, Violet disse:

— Acho que vou ligar para o Mike, então, e dizer que estou livre para fazer algo.

***

Fátima diria que ela não tinha vergonha de Violet ou Rolf, mas que não estava pronta para que eles se conhecessem. Ela se sentiu aliviada, então, quando o primeiro e o segundo encontro deles ocorreu sem dificuldades - terminando com um beijo gentil, mas um tanto quanto indiferente - e ainda mais aliviada que Rolf não se importava que os encontros fossem durante a semana. Dessa forma, Fátima não tinha que explicar para Violet por que ela, de repente, tinha outros planos durante as sextas e sábados à noite.

— Me conte mais sobre seus outros amigos — Rolf havia dito ao telefone em uma noite, quando Fátima estava começando a pensar que talvez estivesse apaixonada por ele. Ele conhecia Emily da escola e sabia que ela frequentava uma Igreja Metodista Episcopal Africana.

Ele já havia conhecido os pais e os irmãos dela a essa altura, ainda que ela não tivesse conhecido os dele. Quando veio pela primeira vez à casa de Fátima, trocou um aperto de mãos com o pai dela - ressaltando a altura do sr. Willis com um "uau, você é alto" -, abraçou a mãe e deu tapinhas um tanto quanto desajeitados na cabeça dos irmãos de seis anos de idade, como alguém, Fátima imaginou, acarinhando um pé de coelho para dar boa sorte.

Durante o jantar, Rolf falou até demais, elogiando as cortinas, a prataria e a irmã emburrada de oito anos de Fátima, além do irmão mais novo, que permanecia indiferente. Ela não conseguia dizer o quão nervosos cada um deles deveria estar. Ela tocou o pé dele com o dela por baixo da mesa, e sorriu silenciosamente, "Calma. Fique quieto". Ela tentou enviar um sinal, mas Rolf continuou:

— Eu acho excelente que vocês, como uma família preta, sejam tão bem-sucedidos.

Ninguém respondeu a Rolf, mas os pais dela se levantaram para limpar os pratos. Ela ouviu a irritação deles sendo expressa por suspiros cansados vindos da cozinha; podia vê-la nos olhos deles, ainda que estivessem de costas para ela. Fátima recusou a sobremesa.

— Temos que ir ao cinema. Vamos comer doces por lá — ela disse.

Ainda assim, ela e Rolf estavam juntos um mês depois, e os pais dela não haviam explicitado nenhum descontentamento. Um mês depois, ela estava finalmente falando sobre Violet para Rolf.

— Acho que a minha outra melhor amiga — Fátima respondeu —, além de Emily, é a Violet.

— Violet — Rolf repetiu. — Que nome legal. Ela não estuda em Westwood, estuda?

— Não. Em escola pública.

— Ah — Rolf disse, em um tom que Fátima interpretou como neutro.

— É a minha garota. — Ela se controlou para não dizer "parça". — Geralmente saímos juntas durante os finais de semana, na verdade.

— E por que você nunca a mencionou antes?

— Eu não sei. — Fátima sentiu a boca mentir novamente, movendo-se, de alguma forma, separadamente de sua voz real. — Ela é um pouco tímida. Pegam muito no pé dela.

— Ah, é uma pena — Rolf disse.

— Eles a chamavam de Patti Maionese — Fátima disse, sem saber por que era ela quem agora estava tagarelando.

— Não conta para ninguém, mas eu sempre achei que Patti era uma gracinha, quando assistia *Doug* — Rolf disse, mudando o assunto para os seus desenhos favoritos. Fátima suspirou.

***

Com o tempo, eles aprenderam a brincar, de uma forma um pouco estranha, a respeito da posição de Fátima na escola, como uma das duas meninas pretas. Ela perguntou para Rolf se isso o incomodava ou se ela era a primeira namorada preta dele, porque a essa altura eles já se chamavam de namorado e namorada.

— Eu não vejo cor — ele disse. — Eu só vi você. Tipo, um dia olhei e você estava lá.

Violet teria dito que as pessoas que não veem cores são as mesmas que seguem você ao entrar em uma loja e que o joguinho de Rolf era bem cafona.

— De qualquer modo, não é como se você fosse tipo superpreta — Rolf disse.

Fátima relembrou quando, antes de Violet, sentia-se inanimada, como um gás sem cor e tentou, apesar da estranha dor em seu dormente lábio marrom, tomar as palavras de Rolf como um elogio.

***

As convenções de uma transformação como essa ditam que um incidente, como ter um dente irregular ou um salto quebrado, apresentam a ameaça de fazer a heroína retornar para a vida anterior. O dente irregular poderia, para Fátima, ser Rolf ou Violet, dependendo de como se encarassem as coisas, e Fátima não tinha certeza de como as encarava.

Quando ela se encontrou com Violet, no dia 4 de abril - após esconder o seu relacionamento com Rolf por três meses -, vindo do saguão do Cine Edwards com o braço de Mike em volta da cintura dela, o primeiro instinto de Fátima foi de agarrar na mão de Rolf e ir com ele direto para a saída. Mas Violet já estava chamando por ela.

Essa não era a ordem natural das coisas, que essas duas vidas separadas convergissem. Colocando outros fatores de lado, o código era amigas antes dos caras, a vida escolar antes da vida social, família antes de tudo. Mas Rolf era, ao mesmo tempo, vida escolar e vida social, Violet era a vida social e, ao mesmo tempo, quase família, e as habilidades matemáticas de Fátima não conseguiam balancear essa equação.

— Sabia que tinha visto você — Violet disse para Fátima quando ela se aproximou. — Quem é esse?

— Rolf, Violet. Violet, Rolf — Fátima disse. — E Mike.

Mike sorriu, Rolf sorriu e eles apertaram as mãos, mas nenhuma das duas jovens meninas viram os rapazes, pois estavam com os olhos grudados uma na outra.

— Ah, então essa é a Violet — Rolf disse, ignorando ou interpretando errado o firme aperto que Fátima deu em sua mão. — Até suas amigas pretas também são brancas. — Rolf riu.

— Eu ia contar para você... — Fátima começou a falar para Violet.

— Ah, espera, Patti Maionese, agora eu entendi — Rolf disse em voz alta e, então: — Opa, eu... — e ambas as mulheres lançaram um olhar feio na direção dele.

Fátima fez um barulho que poderia ser interpretado como uma risada ou um profundo lamento.

Quando ela se virou novamente na direção de Violet, ainda que abrisse e fechasse a boca inúmeras vezes, nenhum som saía. Não era a intenção dela machucar a amiga; algumas coisas apenas vieram à tona, e outras ela não havia contado para Violet porque não tinha certeza de qual lábio deveria usar para falar. Antes que ela se desse conta, a voz dela estava aqui e ali, e ela estava como um ventríloquo, dizendo tudo o que havia aprendido de uma única vez, mas de muitos lugares diferentes e no momento errado.

Violet não a xingou ou armou-se como se fosse, talvez, bater em Fátima - ainda que qualquer uma dessas opções pudesse ter sido melhor; ela simplesmente agarrou o braço de Mike e se afastou.

E, como num passe de mágica, Fátima era um vapor novamente, mas um pouco mais escuro, como uma nuvem de tempestade, ou fumaça preta que zombava do que já estava chamuscado.

O assunto do consumo

Ninguém havia dito abertamente, mas Mike sentia que talvez nunca mais fosse crescer na carreira. A regra dizia que nunca se deve retroceder. Independente de onde ele traçara a linha no primeiro projeto, a curva deveria apenas ir para cima, nunca para baixo. Se tivesse começado com, digamos, algumas séries originais sobre namorar quando se tem deficiência e vendesse como realismo puro, ele podia fazer o que quisesse agora. Mas, já que havia começado com indecências, só podia ficar cada vez mais polêmico. As pessoas sempre estavam famintas, os espectadores e as "talentosas", como chamavam as desesperadas pela fama; eles eram glutões descarados. Mike queria mudar para documentários irônicos com lentes afiadas, mas quem respeitaria a arte de um homem que trouxe para o mundo preciosidades como *Física dos animais de Rhode Island* e *Meus pais gordos e gays*? Então, lá estava ele, na casa, empilhando porcaria sobre porcaria para formar a mais perfeita pilha de lixo.

A paisagem da vizinhança contradizia a parte interna das casas. Carvalhos e pinheiros se estendiam sobre telhados Tudor e gramados tão macios que podiam ser aspirados; mulheres com seus chapéus de jardinagem se inclinavam sobre caminhos de flores divididas de acordo com as suas alturas; ferramentas de jardinagem enchiam as caçambas de caminhões. Mike havia apresentado as duas primeiras séries dele para a rede – uma sobre duas irmãs gêmeas casadas com o mesmo homem e outra sobre uma dupla de pastores brancos casados que criavam dez crianças pretas adotadas – com premissas similares de espiar "por trás das cortinas". O uso que Mike fazia de cortes de fora para dentro – do subúrbio, cujo jardim da frente denotava ambiente familiar, para o que realmente acontecia dentro da casa – atraía espectadores indignados, que não conseguiam acreditar que alguém vivesse desse modo. Uma das irmãs-esposa havia encontrado o blog de Lisbeth Hoag e secretamente avisou à família que Mike se preparava para gravar a respeito deles.

— Vamos nos posicionar do outro lado da rua para poder filmar a casa toda e, depois, ficamos na garagem e nos aproximamos para filmar a família de perto.

Mike alisou a gola da camisa polo rosa de corte justo que vestia e caminhou pela entrada em direção à porta. Alguns homens usando jeans e *dickies* começaram a descarregar as câmeras e tripés da van, à exceção do homem mais largo, que acompanhava sem jeito e que realmente não estava ajudando.

Antes que Mike pudesse tocar a campainha, Lisbeth abriu a imensa porta vermelha, que em nada combinava com a arquitetura inglesa, e convidou-o para entrar.

— Liz, que bom ver você. Estamos nos instalando lá fora, por enquanto. Onde está a família?

Mike já havia se acostumado com a aparência de Lisbeth e com a decoração da casa depois das primeiras reuniões entre eles. O pequeno corpo dela era todo anguloso e a pele manchada pelo melasma, o dente que faltava chamava a atenção, e, ainda assim, ela pode ter sido bonita em algum momento. Ele fez uma nota mental de se lembrar de pedir para ver fotos dela quando era mais jovem.

Do lado de dentro, a casa na Wedgewood, 460 era imaculadamente organizada, mas parecia-se um tanto quanto do terceiro mundo, se não um tanto tropical. Em cada uma das três vezes que ele a havia visitado antes para falar do episódio piloto, o cheiro – uma mistura de ovos podres e transpiração – havia saturado Mike antes que ele pudesse perceber de onde vinha. Recipientes de armazenamento de quarenta centímetros com bananas, cocos verdes, mangas, tomates e duriões estavam armazenados em uma fila perfeita ao redor da cozinha. Cada tipo de fruta era separado em diferentes potes, e o cheiro dos duriões sobrepunha-se à frescura dos demais alimentos e penetrava na pouca mobília. Mike se perguntou como os rapazes da iluminação poderiam capturar da melhor forma os mosquitos e moscas das frutas voando em volta dos recipientes. Cada área de convívio contava com estantes de livros e ao menos uma cadeira papasan, mas não havia sofás. Dois colchões iguais, sem cama, estavam alinhados no chão de dois dos três quartos; os colchões, forrados com lençóis verde-acinzentado e azul-escuro, pareciam também absorver o cheiro dos duriões.

— Eles receberam o cronograma, mas saíram mesmo assim — Lisbeth disse, e Mike sentiu a irritação em sua voz. — Ryan não está atendendo o telefone, mas, conhecendo ele, é provável que o tenha perdido.

— Saíram... — Mike repetiu, pensando nas possíveis alternativas para que a luz do dia, necessária para as filmagens da família no exterior da casa, não fosse desperdiçada. Ele já havia ressaltado nas ligações e e-mails a importância de cada um dos horários e da programação apertada. — Ok — ele começou. Um diretor melhor teria ido atrás de mais informações a respeito do silêncio de Ryan. Os problemas conjugais estavam aumentando? Talvez ele devesse fazer Lisbeth repetir aquilo em frente às câmeras. O arco da história deveria mostrar o estresse do estilo de vida da família.

— Eu pensei que poderíamos rearranjar a programação das filmagens e você poderia gravar algumas cenas minhas trabalhando no blog ou no quintal dos fundos — Lisbeth disse, guiando-o pela cozinha até o quarto da família, mas sem oferecer nenhum lugar em que ele pudesse se sentar.

Mike não gostava quando a talentosa tentava dar uma de diretor, mesmo que ela tivesse razão.

— Quando você acha que Ryan e Inédia vão voltar? — perguntou, fazendo sinal negativo com a mão para recusar o chá verde com maca-peruana que Lisbeth lhe oferecia.

— Eu não sei — Lisbeth disse, jogando um *dread* loiro fosco por cima do ombro. — Eu poderia falar mais a respeito do estilo de vida. Por que não podemos filmar somente a mim?

Ele não conseguia apontar quem Lisbeth o fazia lembrar, mas poderia usar aquela frase para muitas coisas; em uma crescente, por exemplo: "Por que você não filma só a mim? Você filma só a mim. Filma só a mim".

***

— Por favor, papai. — Ryan parou e olhou para Inédia em sinal de advertência. Ela apontava para um saco de dormir azul brilhante estampado com personagens da Disney. — Quer dizer, Ryan — ela se corrigiu. — Poderíamos comprar esse aqui?

Sua súplica quase muda parecia abafada quando misturada com as vozes estridentes, chorosas ou barulhentas das crianças no Walmart, enquanto os olhos de Inédia corriam pelo armazém, absorvendo todas as cores. As luzes zuniam nos ouvidos de Ryan, acentuando a opressão que sentia do lado direito da testa, fazendo com que afrouxasse a mandíbula. Seu prana doía.

Ryan havia desistido de procurar por um saco de dormir infantil usado após visitarem o quarto brechó, do outro lado da cidade, sem resultado algum. Provavelmente porque nem mesmo brechós iriam pegar sacos de dormir usados, sujos e manchados com baba e xixi de criança. Uma sacola do Walmart ou qualquer outra sacola de loja grande – ele imaginava o sermão de Lisbeth – enviava a mensagem errada, assim como a Branca de Neve, Elsa ou qualquer outra princesa da Disney, que vinha com um pacote de produtos em tons pastéis, mas ao menos o saco de dormir estaria limpo.

Ele balançou a cabeça, não para Inédia, mas para o grande display em forma de gaiola que continha todos os sacos de dormir infantis. Apontou para a sua esquerda, onde os sacos de dormir utilitários estavam empilhados, tocando o tecido de um deles, tamanho adulto na cor cinza. Ele custava 49,95 dólares; o da Elsa, 14,99 dólares. O saco de dormir adulto era à prova de intempéries e continha enchimento; o da Elsa, frágil e com preenchimento sintético.

***

— Esse aqui — ele disse, apontando novamente para o cinza, ainda que doesse nele pagar mais caro por algo que eles precisavam apenas para mostrar.

Inédia não chorou como a maioria das crianças faria, e alguma coisa na falta de reação dela fez Ryan ficar, ao mesmo tempo, irritado e solidário. Ele não havia se preparado para ser subversivo naquela manhã, para perder o horário enquanto se arrastava da Goodwill em El Camino até a de Santa Cruz, para acabar em um Walmart, mas ele acabou lá. Lisbeth já estaria irritada. Mike com certeza estava perdendo, ele pensou, por não ter pensado nisso.

Movido por um surto de espontaneidade, ele colocou o saco de dormir da Elsa no carrinho de compras e sentiu-se brevemente realizado. Ele podia fazer escolhas; ela também era filha dele.

— Obrigada, Ryan. — Inédia mal sorria. Ela tinha um jeito próprio de fazer isso, de não reagir da forma que ele esperava. Quando ela tinha apenas alguns meses de idade, antes que Lisbeth conseguisse a bolsa que os levou até a Costa Rica, ele beliscou de leve o braço de Inédia enquanto ela estava sentada em uma daquelas cadeiras altas para crianças, somente para ver o que aconteceria. Ela não chorou. Olhou para ele, ninando a si mesma e balançando as pernas para a frente e para trás cobertas por seu macacãozinho. O olhar dela encontrou-se com o dele por um instante, como se quisesse dizer "Entendi".

Um idoso encarou o rosto de Ryan e o de Inédia antes de se afastar, murmurando "que criança fofa". Independente de qual dos dois pais a levasse para sair (ainda que geralmente fosse Ryan), as pessoas encaravam Inédia, igualmente interessadas no alto contraste entre a pele marrom escura do pai, a dela, marrom clara, e o rosado da pele de Lisbeth. Ryan pegou a mão de Inédia. Ele ansiava por um abacaxi, algo ácido e pungente para limpar a boca. Lisbeth não aprovaria a compra nessa loja. Para chegar até a seção das frutas, ele cortou caminho pelos setor de acampamento e pesca, cujo cheiro de sangue de galinha das iscas penetrou profundamente pelas narinas dele. O corredor da pescaria levava para o de artesanatos e costura, que, por sua vez, levava, após a pequena cidade de produtos de bebês, para um pequeno desvio no corredor de bebidas e, enfim, uma linha reta para os produtos agrícolas. Por mais que tivesse aversão ao Walmart, ele não queria ir para casa.

***

— Como você pode ver, esses recipientes estão bem organizados e todas as frutas são frescas — Lisbeth disse, encarando a câmera, conduzindo a equipe até o recipiente com mangas. Ela cheirou uma das mangas e soltou um gemido exagerado para indicar o quão madura estava a fruta.

— Essa polpa que dá tanta vida; há um prana forte na comida orgânica. Você pode absorver pelo seu terceiro olho. Será que você pode colocar o microfone mais perto? — Ela olhou por cima da câmera para o homem largo, que olhou para o Mike. — Eu não gosto de levantar a voz.

— Fale um pouco a respeito do seu processo de preparar a comida — Mike disse, sentindo uma dor de cabeça tomar as têmporas. — O que você faz com todos os duriões?

— Nós guardamos as frutas nesses potes e também os usamos como tigelas para comer. Ryan e Inédia fazem um grande banquete do que quer que formos comer logo de manhã. Digamos, por exemplo, pudim de durião, molho de manga ou tomate com abacate e limão. E então comemos dos potes ao longo do dia. Frutarianos têm que comer muito para se sentirem satisfeitos — Lisbeth acarinhou a barriga inexistente para dar ênfase.

Mike fez um gesto para que Jonathan, o operador de câmera, se aproximasse para filmar a uma distância que mostraria o dente de trás que faltava em Lisbeth.

— Pode parecer muita comida — ela continuou —, mas ela passa por você. Nós, bom, Ryan na verdade, faz as compras duas vezes por semana. Compramos caixotes de madeira diretamente no mercado de agricultores ou nas lojas orgânicas com as quais construímos já uma relação. Plantamos os nossos próprios abacates e a maca-peruana no quintal — ela informou, apontando para as portas de vidro. — É trabalho da Inédia organizar e lavar as frutas com uma solução de vinagre branco.

— O que você faz? — Mike perguntou com as câmeras desligadas.

— Eu gerencio tudo e cuido dos nossos blogs e vlogs. — Com cada uma das mãos, Lisbeth enrolou um *dread* grosso em direções opostas, como uma espécie de tique nervoso, ou como se os cabelos dissessem *"muy loca"*. — Eu sou mais a filosofia por trás da prática — ela disse, deixando o cabelo cair.

Mike não tinha certeza se conseguiria aguentar um dia inteiro filmando somente com ela.

— Por que não colocamos você sentada em uma das cadeiras papasan e filmamos algumas imagens de confissões em câmera? Fale a respeito da situação das camas, no presente. — Era difícil configurar as filmagens de modo que elas, ao mesmo tempo, acentuassem e desfocassem a pele de Lisbeth. Não se podia deixar todos os poros feios e marcas aparentes nas filmagens, ou ninguém iria assistir; mas se a imagem ficasse limpa demais, toda a realidade da coisa seria minimizada.

— Ah, claro.

***

Essa era a primeira vez de Ryan em um Walmart em mais de um ano. Eles haviam começado a comprar papel higiênico aos montes lá depois dos primeiros dois meses da transição, mas já não precisavam mais de tanto. Antes de Inédia nascer, Ryan e Lisbeth usavam quase um rolo por dia cada um, enxugando sempre, como ficaram sabendo na comunidade on-line, o alcatrão líquido que vinha no papel. Foram muitos os testes de estilos de vida com Lisbeth: desde a alimentação ayurvédica com base nos doshas individuais até a macrobiótica, depois a vegana e a crua. As compras se tornavam mais caras e o estilo de vida consumia cada vez mais tempo quanto mais eles tentavam se aproximar da terra, do homem original, do que quer que fosse: facas de cerâmica em vez das de metal – para prevenir a oxidação –, utensílios de cozinha de vidro e plásticos livres de BPA por todo lugar, ainda que não houvesse sobras.

Olhando para trás, Ryan deveria estar com fome quando concordou em se demitir do trabalho para gerenciar a presença on-line de Lisbeth e "se comprometer totalmente ao estilo de vida" dela. Com certeza não fazia sentido algum. O antigo planejador financeiro que existia dentro dele às vezes aparecia. Se a hipoteca não tivesse sido paga pelos bens do pai de Lisbeth, não conseguiriam pagá-la por causa dos alimentos. Eles gastaram o que havia sobrado dos investimentos de Ryan na primeira tentativa do negócio, já falido, de distribuição de duriões, e o composto não fazia muito dinheiro, mas os canais no YouTube estavam ganhando inscritos e gerando rendimentos com anúncios, o suficiente para pagar pelas compras de cada semana e para atrair Mike e a rede.

Após a transição para frutarianos, eles continuaram a comprar papel higiênico barato porque, até mesmo Lisbeth teve que concordar, aquele feito de bambu reciclado era caro demais. O papel higiênico, assim como as fraldas após o nascimento de Inédia, eram as únicas coisas que Lisbeth permitia que Ryan comprasse de grandes centros comerciais que, de acordo com ela, financiavam a mão de obra infantil ou o trabalho precário em países de terceiro mundo e que apoiavam uma espécie de conglomerado capitalista, imperialista e outros "istas". Técnica e eticamente, eles deveriam usar fraldas de pano, mas Lisbeth disse:

— Os solventes e a energia usados para lavar as fraldas, mesmo em uma lavanderia, são piores para o meio ambiente do que descartar as fraldas. — E ela disse algo a respeito de devolver o composto para a terra dessa forma.

Ryan gostava menos das compras desde que Lisbeth havia começado a checar duas ou três vezes os rótulos e os recibos. Ainda assim, havia algo confortante nos corredores largos de um Walmart, apesar da luminosidade desmedida: uma senhora idosa com uma linha forte de batom desenhada logo acima da borda vermelha, brincando com uma laranja na mão ou apertando um melão para checar a firmeza dele; as pesadas camisetas e calças de algodão geneticamente modificado disponíveis em tamanhos extragrandes; as fileiras de material escolar colorido e cartões festivos impressos com tintas previamente testadas em animais e corante artificiais.

Então, hoje, a viagem até o Walmart parecia tão certa quanto o saco de dormir com estampa do desenho *Frozen* no carrinho de compras deles. Lisbeth exigiria um resumo detalhado da excursão deles, mas minimizaria a sua reação na frente das câmeras, esperaria até que a equipe saísse para explodir. Ele tirou Inédia do caixa de autoatendimento, com o saco de dormir e o abacaxi ainda no carrinho, e retornou ao conforto da multidão.

— Vamos ver o corredor dos brinquedos — ele disse para Inédia.

***

Sob a direção de Mike, Lisbeth fingia corrigir a ortografia do post antes de publicá-lo e checava as anotações feitas à mão a fim de ter ideias para o conteúdo de quarta-feira. Ela leu algumas das ideias em voz alta diretamente para a câmera e então explicou que o tráfego do blog havia aumentado desde que ela começara a incluir fotos de Inédia e da vizinhança, como se as imagens cristalizassem a retórica.

Antes de continuar, ela lançou um olhar sedutor, segundo a percepção de Mike, ao homem atrás da câmera:

— Quando começou a formatar o site, Ryan costumava reclamar que ele e Inédia também deveriam estar na foto, para enfatizar o lado familiar. Mas eu disse que, "como a principal pesquisadora e autora, não acho que eu deveria minar a minha credibilidade com uma foto tradicional de dona de casa interiorana". Agora ele nem ao menos quer estar no site, ou nesse programa — ela disse, abaixando a voz.

— Fale mais a respeito disso — Mike interrompeu.

— Bom, difícil de imaginar, mas o blog foi ideia do Ryan. Eu tinha voltado para casa chorando depois de uma reunião com a minha orientadora da dissertação. Apresentei minha tese e fui aprovada, mas ela achava que eu deveria seguir em uma direção nova. E o IRB, o conselho de análise que verifica se você está fazendo uma pesquisa ética, não aprovaria o projeto, de qualquer maneira. Então, Ryan sugeriu que eu escolhesse outra pesquisa oficial, mas falasse sobre a criação sem apego de outra forma; e aí entra o blog e o vlog — ela continuou. — Somos tipo o nosso próprio grupo de foco. Inédia cuida da própria educação domiciliar, e ela faz bem. Para uma menina de sete anos, ela é boa. Ryan cuida do design do site, as compras, prepara nossa comida e lida com os vendedores de produtos agrícolas. Eu falei para você a respeito da nossa plantação.

— Você falou — Mike disse, percebendo que estava suando. — Conte-nos mais a respeito das coisas que você coloca no site e as respostas que as pessoas dão.

Filmaram durante uma hora e meia, com Lisbeth reencenando as respostas para os comentários que recebia nas diversas plataformas na internet. Ela não era uma boa atriz. Tentou forçar uma lágrima enquanto mencionava as "muitas, muitas pessoas" que perguntavam como uma família de classe média alta que se prezasse vivia daquela forma. Mike ainda não conseguia dizer quem ela o lembrava, alguém castigado pelo tempo e esgotado. O choro era nitidamente falso, mas, quando Lisbeth xingou os Conselhos Tutelares de Palo Alto e da região norte da Califórnia de todas as formas que pôde, a raiva era genuína.

— Eu tenho certeza que foi Alice Faye, que mora duas casas abaixo, que fez a ligação — Lisbeth disse, olhando além das câmeras, diretamente para Mike. — Isso foi depois da primeira vez que Inédia fugiu e eles a encontraram no jardim do vizinho comendo grama. Eu poderia ter feito um suco verde para ela se soubesse que seu corpo precisava de clorofila.

Mike lançou um olhar para um membro da equipe que o cutucou com o cotovelo. Com os olhos, ele dizia, "Anime-a um pouco". Ele não disse para Lisbeth que iriam colocar alguns conteúdos do blog depois, porque a tela do computador dela interferia com a câmera, fazendo linhas onduladas; ele a deixou falando por um tempo antes de pedir que ela tentasse ligar para Ryan novamente.

***

Com o saco de dormir do *Frozen*, o abacaxi e um chaveirinho para Inédia, que ela levava nas mãos, Ryan e Inédia voltaram aos caixas. A fila do autoatendimento era curta, mas praticamente não se movia, já que os clientes encontravam dificuldade em achar os códigos de barras ou as máquinas os orientavam a "por favor, colocar o item de volta na esteira" e "esperar pelo atendente". Ryan observou aquele espetáculo todo, pensando em como Lisbeth iria criticá-lo por voltar para casa não somente com um saco de dormir da Elsa, mas um do Walmart, para a própria filha, da qual ele tomava conta melhor do que ela.

— Inédia — ele disse e, dando-se conta de como os cachos pretos dela estavam descuidados, além de uma crosta alaranjada grudada no queixo da menina, sentiu-se envergonhado —, não conte para a Liz onde compramos essas coisas, está bem?

— Ok — ela disse, brincando com uma caixa de Tic Tacs rosa.

— Será o nosso segredo, como os outros. — Eles firmaram o acordo, acenando com a cabeça, ele quase desejando comprar alguns doces para ela, algo grande e de chocolate, mas isso seria aumentar o número de segredos, e não garantir o sigilo dos que existiam.

Uma mulher na frente deles, preta e de meia-idade, virou-se e olhou Ryan de cima a baixo, julgando-o, ele pensou. Então, ainda virada com apenas a metade do seu corpo para ele, ela disse para Inédia:

— Que saco de dormir bonito, querida. Você vai dormir na casa de uma amiguinha ou vai acampar?

Inédia ficava mais taciturna quando estranhos falavam com ela. Ela devolveu as balas no lugar e olhou para Ryan como se pedisse permissão para falar e, então, disse:

— Não.

— Bom, então para que é o saco de dormir, querida?

— Para dormir.

A mulher hesitou por alguns instantes, olhou novamente para Ryan, encarando-o por um bom tempo, até dizer "hum", e voltar-se para a fila.

Na verdade, Inédia dormia em um dos colchões de solteiro, com um lençol de bambu do mesmo conjunto e um edredom, mas Lisbeth queria tirar a roupa de cama para confirmar o estilo de vida nômade romano que defendia na família, ainda que Ryan achasse que os romanos não viviam daquele modo. E, ela especulou, "quanto mais primitiva a casa parecer, maiores as chances de o canal propor um episódio em conjunto com algum daqueles programas de reformas. Poderíamos ter uma decoração completa de graça".

Se pagassem para fazer a casa ficar pior do que era, eles poderiam ganhar reforma e decoração completas. Ou seja, uma montagem de cenário ao contrário – isso não fazia sentido para Ryan. A cama de Inédia, de acordo com Lisbeth, precisava do saco de dormir, um saco velho, para que tudo harmonizasse.

A mulher olhou novamente na direção de Inédia e Ryan antes de pagar pelas mercadorias dela. Ryan sabia que algumas mulheres negras o julgavam por escolher Lisbeth. Ele ouviu a própria mãe, irmãs e colegas de faculdade darem sermão a respeito de homens negros que namoravam com brancas, e podia até mesmo entender as acusações de que alguns deles escolhiam "qualquer mulher velha branca", como havia apontado a primeira namorada dele na faculdade, Jessie.

— Quer dizer, ela pode ser desdentada, tão grande quanto uma casa e falando o sotaque do gueto mais falso que você poderia imaginar, e eles ignorariam quatro mulheres negras altamente educadas para segurar a porta para o canhão, só para ter bebezinhos de pele clara com ela.

Lisbeth não era originalmente um canhão. Ela havia sido linda antes – nota oito – com uma espécie de determinação radical, mas que ainda parecia afável. Eles se conheceram na UC Berkeley embaixo de uma árvore na qual diversos estudantes haviam se acorrentado. Ambos estavam andando de skate, Lisbeth em um *longboard* e Ryan em um skate comum, e pararam para ver o tumulto. Protestos ocorriam diariamente e nenhum dos dois conseguia se lembrar sobre o que era aquele, apenas que os olhos deles se encontraram e ambos riram dos hippies na árvore. Lisbeth tinha canudinhos como brincos porque, conforme explicou, estava alargando os seus furos. A blusa dela, simples e preta, combinava com o short jeans e acentuava os seios, livres de sutiã. Ela elogiou os *dreads* curtos de Ryan. O relacionamento deles se desenvolveu rapidamente, o sexo era intenso, e Ryan podia quase descartar o julgamento e a teoria de Jessie de que Lisbeth estava apenas tentando irritar os pais dela. Quando Lisbeth foi violentada perto do campus em seu último ano, Ryan tornou-se a única fonte de apoio dela, o que inicialmente teve um efeito prejudicial. Eles terminaram por certo tempo, com Lisbeth declarando: "não gosto de como me sinto dependente quando estou com você". Mas eles reataram, passaram anos felizes viajando, fazendo planos. Finalmente se estabeleceram, com certo reconhecimento da ironia, nos próprios confortos hippies, a segurança do salário de Ryan e a suavidade de ambos.

Ryan a amava, mas Lisbeth o assustava cada vez mais. Ele viu o próprio pai, um homem de negócios, ter que tomar conta da esposa esquizofrênica que, em dias de lucidez, fazia trabalhos de arte que eram pendurados nas galerias de Riverside até Cape Cod. Em períodos ruins, ela sumia, às vezes por semanas, sem deixar comida alguma no refrigerador. O pai de Ryan voltava para casa, confortava as crianças com brinquedos caros e comida de fast-food e voltava para o trabalho. A mãe de Ryan foi internada quatro vezes durante a infância dele, até o dia em que se suicidou, quando ele tinha dezesseis anos.

Lisbeth nunca havia sumido, mas seu corpo que se encolhia cada vez mais e seus delírios crescentes também eram uma forma de desaparecimento, uma propulsão na direção da morte. Ryan não saberia dizer quando os dias começaram a se arrastar, quando Lisbeth havia se tornado um constrangimento, quando Ryan passou a sentir apenas os ossos do corpo dela.

***

A introdução da página de boas-vindas do blog incluía uma foto de Lisbeth com as bochechas mais cheias e a pele com um brilho rosado, contrastando com o rosto desigual e amarelado na frente de Mike e da câmera. Ela estava parada perto de uma árvore, usando uma regata azul, segurando um durião e sorrindo.

Parte da nota no site dizia:

Criação sem apego funciona a partir da premissa de que os antigos povos estavam certos e bebês são, essencialmente, adultos em miniatura. Se deixados para realizar tarefas por conta própria, eles irão desenvolver habilidades úteis e se tornar autossuficientes.

Lisbeth disse para as câmeras:

— Eu não acredito que o modo como meus pais me mimaram tenha sido eficiente, me colocando em vestidos pomposos e fazendo de mim o mundo deles. É tão sufocante. Erramos em dar o nome de Inédia para a nossa filha. Primeiramente, acho que eu sofria de depressão pós-parto, porque não encapsulei minha placenta, eu acreditava que ela seria a nossa única fonte de prana, nosso ar, de que poderíamos extrair tudo para ela. Mas quanto mais lia a respeito dos benefícios desse estilo de vida, e quanto mais entrava em contato com a comida, mais percebia que deveríamos ter dado um nome que fosse empoderador tanto para ela quanto para nós.

Mike concordou, esperando que seu enfado não fosse notado.

— Estamos pensando em mudar o nome dela para Busela ou algo mais independente.

— Você mudaria o nome de uma criança aos sete anos?

Lisbeth estava fazendo aquele cacoete com o cabelo novamente.

— Nós esperamos dez dias antes que a cerimônia Namakarma Sanskar dela ocorresse; acreditamos no modo tradicional, de que o nome deve refletir o caráter da pessoa.

— E é esse tipo de coisa que você coloca no seu site? — Mike fez um gesto com as mãos sugerindo que ela desenvolvesse a ideia.

Links para as publicações anteriores do blog apareciam na barra lateral, listados em ordem cronológica. Lisbeth nomeou cada um e contou anedotas sobre eles:

19 de outubro: Amamentação: bem parecido com canibalismo, não?
26 de outubro: Amamentação, Parte Dois: vampirismo de bebê: deixe-os sugar a vida de você, se quiser
2 de novembro: Antecipando a evacuação
9 de novembro: Soluções para evacuações acidentais
16 de novembro: Banho frio, sem cólica

Entre os links listados na seção "Recursos", estavam sites dos quais os leitores poderiam comprar roupas íntimas pequenas, feitas especialmente para crianças com menos de um ano, assentos para sanitário infantis importados, brinquedos de madeira feitos à mão e sem cor, e links para as páginas dela sobre o estilo de vida frutariano e os vlogs familiares, respectivamente.

Tudo isso poderia de fato funcionar, Mike pensou, mas eles precisavam de Inédia, Bucolic, ou seja lá qual fosse o nome que a criança teria, e de Ryan. Lisbeth sozinha era insuportável.

***

No estacionamento do Walmart, Ryan removeu o adesivo do abacaxi e o enfiou, assim que conseguiu descolá-lo do dedo, no bolso. Abriu o zíper do grosso plástico que continha o saco de dormir e o entregou para Inédia. Separou o papelão da embalagem da Polly Pocket e também o entregou para a filha.

— Jogue tudo isso naquele lixo.

Quando ela voltou da lixeira, alguns carros de distância do deles, Ryan estava pisando no saco de dormir e esfregando um pouco de graxa da ponta da bota que usava.

— Pisa nele também — ele orientou Inédia.

Ela o copiou, tentando passar a sujeira da sola do seu Crocs arranhado para o saco de dormir. Eles o lavariam e secariam quando chegassem em casa, para fazer com que as manchas parecessem mais antigas.

— Isso foi divertido, né?

Inédia concordou.

Quando o saco estava suficientemente encardido, Ryan o enrolou e usou os dois elásticos azuis do próprio saco para amarrá-lo. Então, colocou-o no banco de trás do carro, perto da cadeirinha de Inédia, e deu sinal para virar à esquerda a caminho de casa, mas, ao invés disso, fez uma curva acentuada à direita. Pelo espelho retrovisor, viu Inédia agarrar seu novo brinquedo de forma estranha, como se não soubesse ao certo o que fazer com um objeto tão sofisticado, tão contrastante com os brinquedos de madeira monocromáticos que Lisbeth dava a ela, e com tantas peças pequenas.

— Você está com fome?

Inédia sorriu pela primeira vez naquele dia.

— Sim.

Inédia tinha sido um bebê minúsculo, com bochechas magras e espaços fundos e escuros em volta dos olhos, ainda marcantes, mesmo atrás dos óculos. Ela nascera apenas duas semanas antes do esperado, mas, por Lisbeth estar tão magra, o médico disse, o bebê não tinha com o que se nutrir. Elas ficaram no hospital enquanto a mãe e a filha recebiam alimentação intravenosa. Lisbeth havia protestado dizendo que ela "não era desnutrida, seus imbecis" e que era melhor que a alimentação intravenosa "fosse feita à base de alimentos orgânicos", ou ela iria processá-los. Eles a deixaram sair após duas semanas e, uma semana depois, Inédia recebeu alta, mas não antes de o dr. Sun alertar que iria ligar para a assistência social se Inédia não ganhasse peso até o seu check-up, em seis semanas. Aos sete anos, Inédia ainda tinha que se sentar na cadeirinha, em parte devido às leis na Califórnia e, em parte, porque a sua altura não se equiparava com a das demais crianças, assim como Ryan ou Lisbeth não conseguiam manter o peso.

Ele estacionou no Mcdonald's e deu a volta para ajudar Inédia a sair do banco de trás.

— Nós vamos comer aqui?

— Nós vamos comer aqui.

***

Mike levou uma das mãos à têmpora enquanto Lisbeth discorria sobre como ela percebeu que o mercado dos blogs funcionava ao fazer com que as pessoas discutissem. Ela tinha certeza de que a série funcionaria da mesma forma se o canal entendesse isso. A popularidade do blog parecia assegurar a Lisbeth de que ela era uma especialista. Durante o almoço, com sanduíches frios de tomate com tomate, ela contou a Mike, que dera meia hora de descanso para a equipe, os planos que tinha de publicar, por conta própria, um e-book que iria "levar o meu trabalho para mais pessoas".

— Eu sei o que você está pensando — ela disse, virando a cabeça de um lado para o outro. — Mas não é por causa do lucro. — Ela olhou para ele. — Nós geralmente não comemos nozes - as castanhas-de-caju tecnicamente não são cruas por causa do processo de extração -, mas Ryan achou que você gostaria de algo mais substancial. — Ela entregou um prato para ele.

Mike espalhou uma fina camada do queijo feito de castanha-de-caju sobre uma fatia de tomate e tentou não olhar para Lisbeth. Os vapores emanados pelos gases do durião o haviam deixado zonzo.

— E como você consegue fazer dinheiro para morar aqui, aliás?

— Ah, nossos pais nos ajudaram um pouco. A família do Ryan, antes dos pais dele morrerem, era capitalista, mas eles nunca fizeram dinheiro de verdade. A minha - bom, a minha mãe; meu pai também já faleceu - ainda é capitalista. Eu não vejo problema em pegar o dinheiro ou o lucro do blog porque estamos redistribuindo de modo sustentável. Os alimentos orgânicos que compramos fazem com que o dinheiro volte para as mãos do agricultor local. Vendemos o material composto para alguns dos vizinhos e um fazendeiro. Não somos pessoas de desperdícios.

Mike não estava exatamente prestando atenção. O queijo de castanha-de-caju não era tão ruim se você não comesse muito dele de uma vez.

***

— A Liz não vai ficar brava se nos atrasarmos? — Inédia perguntou, lambendo um pouco da mostarda no canto da boca e empurrando os óculos de volta sobre o nariz fino.

Após uma longa pausa, Ryan disse:

— O que você diria se nós não voltássemos para casa, se você e eu simplesmente... — Ele olhou para fora, pela janela. — Simplesmente não voltássemos para casa?

Inédia encolheu os ombros.

— Eu poderia comer comida quente?

— De vez em quando. — Ele não tinha certeza se ela poderia mudar para a comida cozida de forma efetiva, ou como essa refeição em particular que eles estavam comendo iria se assentar no corpo dela, ou se ela seria tolerante à comida cozida de forma geral. Lisbeth disse que era necessário enzimas especiais ou algo assim para voltar. Se ele levasse Inédia de volta para casa hoje com o estômago irritado, Lisbeth iria suspeitar. E se ela soubesse a respeito do hambúrguer, pode ser que os obrigasse a fazer outra limpeza.

Para onde iriam, de qualquer modo? Havia somente a casa da mãe de Lisbeth, temporariamente. Ele poderia usar a própria Inédia como escambo, mas e depois? A última vez que ele encontrou Eileen, quando Inédia tinha apenas um ou dois meses de idade, ela havia chorado, olhando para o corpo pequeno de Lisbeth e o de Inédia, dizendo "é uma pena, tanto desperdício". Ela movia-se perto do carrinho do bebê, hesitando como se estivesse com medo de quebrar a pequena criança.

As fotos de Lisbeth na lareira dos pais dela em Nebraska pareciam ser de um filme independente mal escrito. Em cada uma, ela usava uma variação do uniforme da escola católica, acentuado pela evidência do modismo que ela adotava. Na oitava série, o delineador pesado, o rosto carregado de pó facial e o batom roxo escuro; no primeiro ano do ensino médio, um colar de balinhas coloridas sobre outro colar infantil de plástico, brincos da Barbie e um grosso lenço na cabeça. A sua foto do último ano do colégio mostrava uma Lisbeth mais próxima da aparência atual, com o rosto esquelético, indicando o que Lisbeth chamava de "um experimento intencional com a anorexia". Não havia fotos do segundo colegial; "Lisbeth havia decidido que não queria ser fotografada", não porque iria roubar a alma dela, mas por "motivos que ela não conseguia explicar", sua mãe havia dito, enquanto mostrava a coleção para Ryan. "Uma tristeza que não se tenha fotos. Ela tinha se afastado dos azuis brilhantes e começado a usar vestidos vitorianos pela casa."

Ryan segurava o hambúrguer e olhava para as batatas fritas. E se Lisbeth começasse o respiratorianismo, a filosofia do nome de Inédia? Eles teriam que desistir da dieta baseada em frutas e sobreviver somente por meio de seu prana e da luz do sol, sem comida. O prana dele não havia aumentado com as frutas e nem com a filha como deveria; era todo desperdiçado no plantio, fazendo cocô e se preocupando com Lisbeth e o dinheiro.

Ele tinha consciência das tendências de Lisbeth a uma espécie de fanatismo de tudo ou nada. Ela jamais admitiria, mas Lisbeth tinha gostado da escola católica, apesar dos ditos princípios de anarquia e ateísmo. Como a mãe dela pontuou:

— Lizzie te diria que ela odiava aquela escola, mas na escola pública ela teria somente se misturado; ela precisava de alguma coisa contra a qual se rebelar. E, de todo modo, sempre gostou de rituais. Pode até ser que ela não acredite em Deus, mas gostava de rezar todos os dias na mesma hora, gostava de fazer o sinal da cruz. Não havia meio termo com ela, nem mesmo quando era mais nova. Em um verão, decidiu não pisar em nenhuma fenda; no verão seguinte, fez o impossível para pisar em todas, provavelmente para me matar. — Eileen riu.

Havia algo no ódio que Lisbeth nutria pela mãe que Ryan não conseguia justificar. Quando contou o abuso que sofreu para a mãe, ela estava em um acesso de raiva tão grande que gritava como se pensasse que Eileen fosse a estupradora.

— Você não tem o direito de chorar sobre o meu corpo, mãe — Lisbeth disse.

Na opinião de Lizbeth, não havia espaço para a mãe no sofrimento dela. Ryan não entendia como Lisbeth podia ser tão complicada se seus pais eram, aparentemente, amáveis e estáveis. Era como se, quanto mais tivesse, mais razões ela achava para criticar. Lisbeth nunca havia feito terapia, mas brincava com a ideia de ser certificada para prover "auxílio de estilo de vida" para famílias que pensassem de modo semelhante. Ela jamais aceitaria uma intervenção, ainda que isso fosse material para uma série realista melhor.

Para Inédia, Ryan disse:

— Vamos rever as palavras do seu vocabulário para podermos dizer que você fez algumas das aulas hoje. O que é — ele não sabia por que havia escolhido essa palavra — consumo?

Inédia enfiou um pequeno pedaço de pão na boca e disse, sem desviar o olhar do prato vazio:

— Comer, ou ser comido.

***

— Eu posso falar sobre o meu poliamor. — A voz de Lisbeth soava alta e desesperada enquanto a equipe guardava os equipamentos. — Posso ligar para Ben, meu novo namorado, e dizer para ele vir até aqui. Ele tem dezoito anos. Quer dizer, ele tem quase dezoito anos. Na verdade, ainda tem dezessete anos. É menor de idade. E é preto. A maioria deles é preto! Vocês não vão encontrar outra mãe poliamorosa e de criação sem apego em uma família interracial de frutarianos.

— Está tudo bem, Liz — Mike disse, soprando fumaça sobre o seu ombro direito.

Passava das cinco horas, cedo para terminar um dia de filmagens, mas ele estava cansado de adiar. Deveria desistir, começar uma carreira nova, ouvir a sua mãe e sossegar com um homem bom, mas ele disse:

— Vamos marcar um dia para voltar, quando todos estiverem aqui. Eu só vou pegar a papelada que preciso que você assine. — Foi na direção da van.

Um carro estacionou na calçada. Ao ver a van e Lisbeth do lado de fora, Ryan disse:

— Fique no carro, Inédia.

Lisbeth correu em sua direção, numa estabanada performance para Mike.

— O que você acha que está fazendo? Você poderia ter nos custado tudo — ela sussurrou. — O dinheiro.

Ryan passou rapidamente por ela na direção da casa. Ele queria pegar algumas roupas para Inédia.

— Ele está aqui, Mike. — O alívio se fez perceber no sorriso tenso de Lisbeth. — Pessoal, podemos começar novamente. Eles estão aqui.

Ryan voltou da casa e caminhou pelo gramado, carregando um pacote enorme de batatas fritas.

— Sim, Mike, estou aqui — ele falou num tom baixo, sem olhar para ninguém em particular.

Então, ele se curvou como se observasse alguma coisa na grama. Lisbeth agarrou o braço de Ryan, virando-o para que olhasse Mike, que bufou, em silêncio, sentindo que algo estava prestes a mudar. A analogia que ele estava procurando para descrever Lisbeth, Mike percebeu, era uma Little Edie que rodopiava, ou talvez Gloria, em *A noite dos desesperados*.

— Pessoal — Mike gritou na direção da van aberta. — Jonathan, câmera, agora. Pegue a grua.

Jonathan estava sentado no banco de trás, jogando no celular, falando alto para os outros sobre como achava que esse episódio piloto jamais aconteceria. Agora ele se movia devagar demais para conseguir capturar tudo.

Ryan tirou as batatas fritas do pacote vermelho, enfiando-as na boca como uma pilha de presas longas e amarelas. Jogou algumas das batatas em Lisbeth, deu pequenas mordidas e jogou mais batatas.

Lisbeth gritava e quase chorava.

— Tire esse lixo cancerígeno da sua boca, Ryan, agora.

O rosto de Inédia estava grudado na janela do carro, com a boca aberta, ofegante, fazendo pequenos círculos de condensação no vidro.

— Isso não é fruta, Ryan. O que há de errado com você? Não é fruta! — Lisbeth gritava.

De volta ao carro, Ryan perguntou se Inédia estava bem.

— Sim — ela disse, parecendo um pouco sem fôlego, mas seu rosto irradiando vida.

Ryan ligaria para checar como Lisbeth estava em alguns dias, para ver se ela aceitaria as suas condições de reconciliação, para dizer que ele havia tentado, ainda que já soubesse qual seria o resultado.

Mike havia perdido Ryan, mas sua visão estava nítida agora. Eles poderiam refazer essa cena com um dos amantes de Lisbeth; a série iria em frente, com essa Lisbeth ou com outra. O material o atravessava, mesmo que você estivesse cheio ou doente, deixando mais buracos, uma fome. Claro que o show iria continuar.

Suicídio, atenção

Jilly tirou a cabeça do forno, sobretudo porque estava quente e o gás não funcionava com a chama apagada. Malditas tecnologias novas. Preferindo manter a cabeça inteira, não incendiar a nova peruca castanho-avermelhada, e não tendo clorofórmio na casa, ela percebeu que não iria terminar como uma poetisa.

Mas atualizou o status nas redes da mesma forma:

Um adeus final
antes de tudo acabar.
Trate a sua vida como pão,
nenhuma beirada pequena demais
para se untar.

Jilly não era uma poetisa nem aspirava a ser. Ela apenas gostava de variar as publicações o máximo que podia. Tinha 1.672 amigos no Facebook e 997 seguidores no Twitter, e os colecionava como se fossem várias medalhas de honra ao mérito. A linda amiga miscigenada com os caracóis loiros significava que pessoas bonitas também gostavam de Jilly. E ser amiga do menino cor de mogno com a barba pontuda, invejável e na moda, com todos os seguidores no Instagram – o que havia curtido uma das fotos de quando ela era bebê um ano atrás – era quase o mesmo que ter um belo namorado preto, quando todas as pesquisas e um vídeo popular diziam que era bom que mulheres negras já soubessem como dançar "Single Ladies", porque aquela seria a música delas para sempre.

Sua lista de amigos incluía o carteiro que passava na casa dela; cinco dos meninos que trabalhavam no caixa na Stater Brothers da Riverside Avenue, três da Foothill em Fontana e um do mercadinho Ralphs, em Rialto; todas as 64 amigas da mãe dela na época do colegial, muitas das quais a conheciam desde o útero; a podóloga que removeu a bursite do dedão do pé esquerdo dela na sétima série; a terapeuta do colegial; a terapeuta da faculdade (a atual tinha uma política de não fazer amizades no Facebook); todos os professores do colegial; o professor da faculdade com quem ela havia dormido e dois com os quais não; a melhor amiga da terceira série; a colega de nascimento do hospital, que veio ao mundo exatamente um minuto depois dela, e que havia sido particularmente difícil de encontrar, já que o nome dela havia mudado; todos os amigos em comum que ela aceitava; e um grande número de pessoas que lhe enviavam solicitações no LinkedIn, embora ela desdenhasse daquela rede social em particular.

Jilly decidiu esperar ao menos quatro horas antes de checar o status do post de despedida para que não parecesse desesperada, mas então se lembrou de que não tinha muito tempo sobrando, então esperou cinco minutos antes de checar o celular.

Quatro notificações:

Julia Weinberg, Karen Grant e outras duas pessoas curtiram seu status recentemente.
Jessica Given (essa era a mãe de Jilly) comentou em seu status.
Lembrete: você tem 1 evento esta semana.

E seis pessoas curtiram o outro status que ela havia postado mais cedo no mesmo dia, sobre um suco purificador que estava pensando em comprar.

Ela não sabia como interpretar as curtidas no poema. Será que ele foi muito enigmático? As pessoas estavam felizes por ela se despedir, aprovando que morresse? Jilly checou a terceira notificação na lista. A exposição de arte do Studio Center era na sexta-feira, e ela já havia escolhido a roupa que usaria. Enfiou os pés embaixo dos quadris e se afundou ainda mais no sofá. Ignorou a mensagem de texto e duas ligações seguidas da mãe, que deve ter visto o poema e interpretado da maneira esperada. Ele não era tão enigmático, afinal. Ela abriu o aplicativo do relógio e colocou um cronômetro de uma hora, então se levantou e colocou o celular no micro-ondas, um truque que havia ensinado a si mesma para que parasse de checá-lo obsessivamente, porque o ato de pegar o celular de volta deveria parecer tão chato que ela ficaria cansada e não o faria.

Uma vez que já estava na cozinha, Jilly removeu a bolsinha da gaveta de utilidades – ela gostava de chamá-la assim, gaveta de utilidades, ainda que muitos dos itens nela (tocos de giz pequenos demais para serem usados, moedas enferrujadas, cadeados sem chaves correspondentes e vice-versa) já não fossem úteis –, e removeu o estilete da bolsinha. Sentou-se de novo no sofá, tentando decidir qual seria o melhor lugar para ser encontrada com os pulsos cortados. Uma bagunça sangrenta na cozinha faria parecer que não havia sido planejado, que a vida dela foi tirada abruptamente em um momento de desespero. O chuveiro, ligado no máximo enquanto ela se sentava sob as suas águas faria menos bagunça, mas pareceria desesperadamente premeditado. A banheira, onde o sangue formaria uma piscina – ela não podia nem ao menos pensar na banheira. Ela assistira a *Ensina-me a viver* em uma aula de sociologia e aquilo a assustara, brincadeiras à parte. Na verdade, a maior parte das cenas com sangue a assustavam. Colocou a faca de volta na bolsinha e pensou que era uma pena, porque era uma faca bonita e também a bolsinha, com o cabo e a alça com padrão de *cupcakes kawaii*.

Checou as redes novamente, dessa vez no computador.

Pílulas poderiam não funcionar na primeira vez. Tudo que ela tinha eram seis cápsulas em gel sem pseudoefedrina, e elas pareciam somente irritar o estômago. Não havia álcool na casa para que pudesse misturar com alguma coisa, porque ela bebia apenas quando pessoas a viam. Ela era bem divertida quando bebia, ou ao menos tentava ser. A imitação que fazia de Shirley Temple como Heidi era um grande sucesso.

— Eu preciso ver o avô, simplesmente preciso — ela dizia, fazendo biquinho com os lábios e encurvando os ombros. Ela havia sapateado em uma mesa uma ou duas vezes, recebendo aplausos.

Olhando pelo lado positivo, se a tentativa de suicídio falhasse e ela tivesse que fazer uma lavagem estomacal, iria perder ao menos quatro quilos, e seria melhor que a limpeza de cólon do ano anterior, cujas fotos resultaram em um silêncio estranho dos amigos e seguidores. Perda de peso daria uma ótima atualização de status.

Lesões com navalhas eram melhores, ela decidiu, porque, ainda que houvesse sangue, ela desmaiaria antes que visse muito dele, e, se não morresse, poderia tirar fotos das cicatrizes. Na verdade, a cicatrização poderia ser bem melhor do que a tentativa ou o sucesso do suicídio, porque haveria perguntas a serem respondidas, tipo "O que aconteceu? Quem fez isso com você? Você está bem? Você precisa de ajuda com alguma coisa? Você não fez isso com você mesma, fez?". Ela decidiu se tornar alguém que se corta uma hora ou algo assim, como Ellie em *Degrassi*, fazer algumas marcas em um braço e postar uma foto. Ela lançou um olhar para o gato cor de marmelo, Sherman, sentado na almofada com estampa de lírios na janela. Os cortes teriam que ser fundos o suficiente para que não parecessem meros arranhões, mas não tão fundos que sangrassem demais.

O primeiro pequeno corte doeu muito mais do que parecia quando Ellie o fez, e Jilly estava com fome. Ela colocou a faca de volta na bolsinha, lambeu seu pulso – mesmo que não houvesse nenhum sangue, somente um corte superficial –, disparou pela despensa e, ao não encontrar nada que pudesse comer, voltou a se sentar no sofá.

Ela havia lido em algum lugar, um livro de introdução à psicologia, ou algo assim, que pessoas que contavam para todo mundo que iriam se suicidar estavam apenas pedindo permissão, mas ela não precisava ou queria permissão.

***

O que era preciso dizer sobre Jilly – e isso era algo que a assustava desde a adolescência – é que não existia uma história de fundo. Nada de interessante ou horrível jamais acontecera com ela, e se havia alguma opressão que tivesse que superar, era superficial, não permanente. Ela já tinha sido seguida muitas vezes em lojas chiques por mulheres asiáticas e brancas, e duas vezes por mulheres pretas, mas esses eram os únicos exemplos de racismo que ela conseguia se lembrar de ter vivenciado. Sabia que devia sentir descontentamento, conectado com uma larga história de privação de direitos ou perseguição sistêmica – não que a morte de pessoas pretas ou notícias do mundo não a afetassem –, mas ela tinha certa vergonha em dizer, na terapia ou publicamente, que grande parte do descontentamento que sentia era por não ter motivos o suficiente para se sentir descontente. A mãe dela era controladora, mas estável, o pai havia assumido a paternidade, os amigos eram atenciosos, embora cansados. Foi ela quem terminou com o namorado, não o contrário, e eles ainda eram amigos no Facebook. Ela recebeu uma dúzia de "Você está bem?" por mensagens diretas após ter mudado o seu status de "em um relacionamento sério" para "solteira". E tinha uma rede de pessoas que lhe davam suporte, por mais que muitas das interações com ela fossem superficiais. Ela sentia falta de um suporte mais fundamental, e não sabia onde procurá-lo.

A foto que Jilly havia postado no dia anterior recebera apenas duas curtidas e dois comentários: "GATA" de um esquisito com propensão à acne que ela conheceu no colegial; e "nada" quando ela respondeu ao comentário dele. Talvez tenha sido isso que a incomodou, desconsiderando a diferença entre "de nada" e "nada": os comentários superficiais. Ela pensou que a foto, que ela havia tirado no espelho do banheiro com a câmera de seu celular, merecia uma resposta melhor, ao menos devido ao ângulo interessante do qual havia sido tirada. A foto de lado a mostrava fazendo sinal da paz com os dedos, os lábios fazendo biquinho, em uma saia cor de creme que ia até a parte superior de sua coxa e mostrava sua pele macia e marrom, e uma blusinha curta roxa que pode ou não ter sido metade de um biquíni.

Pousou o computador e puxou os joelhos na direção do corpo quando uma ideia passou por sua cabeça. Era quinta-feira, afinal de contas. Ela postou um "TBT" com um link para um vídeo do YouTube, de "Dead and Gone", para analisar o tráfego e, então, esperou que as notificações começassem, que os joinhas erguessem um pequeno monumento.

Em vinte minutos, um quadrado vermelho anunciava quatorze curtidas, nenhum comentário. Ela não sabia como ler isso. Eles estavam dizendo que queriam que ela estivesse morta e acabada,[22] ou que gostavam do T.I. ou do Justin Timberlake?

Ela esperou dez minutos e tentou um segundo vídeo, depois outro, postando do computador. Essas coisas funcionavam melhor em uma sucessão rápida que fazia com que eles percebessem a linha de raciocínio.

---

[22] Em inglês, o trecho é *were they saying they wanted her dead and gone*. "Dead and gone" é o nome de uma música de T.I. e Justin Timberlake, daí a menção aos cantores pela autora. (N.E.)

"Outro TBT: 'Give up the Ghost', de Immature com Crazy Bone."
"Ah, e não se pode esquecer Bone Thugs: 'Crossroads'."

    Jilly podia gabar-se de alguns poucos superlativos que poderiam ser incluídos em seu obituário. Na oitava série, ela foi votada a "Mais fotogênica" por seus amigos e recebeu uma menção de um quarto de página no anuário escolar. Mas não conseguiria recuperar aquela glória de antes. No colegial, era uma das quatro "Meninas mais bonitas", e duas delas eram mais cheinhas do que ela, e ela não foi nem mesmo a única menina preta a ganhar esse prêmio. Um namorado da faculdade disse que ela tinha o melhor beijo que ele conhecia, mas ele a traiu. Um desconhecido no shopping disse que os pés dela eram "os mais adoráveis que já vi". Ela não tinha certeza se os elogios de um esquisitão podiam contar. O que ela tinha para mostrar da sua vida, além da aparência quase perfeita?

    Ela estava mesmo se sentindo deprimida agora, parando para pensar, morrendo e tudo o mais. Ninguém a associaria com Sylvia Plath. Ela não se pareceria com a *Lady of Shalott*, usando a nova peruca contornando o rosto enquanto se deita de costas em um barco, ou com *Anne de Green Gables como Lady of Shalott*, nem mesmo Megan Follows como *Anne de Green Gables como a Lady of Shalott*, porque o cabelo natural dela nem ao menos era vermelho e, de qualquer modo, ela leu que, quando mulheres pretas morriam, não era glamoroso, e pessoas não faziam conexões literárias metonímicas entre elas, nem mesmo com linchamentos – como faziam com homens pretos; os corpos das mulheres pretas apenas morriam, saíam de cena, e isso a deixava ainda mais triste.

    O computador apitou. Outra notificação.

"Amo essa música! Tá mandando bem demais hoje, menina."

***

Se Jilly fizesse uma análise de conteúdo para verificar os estilos e tipos de publicação que recebiam mais respostas, o resultado seria que gírias do gueto falsificadas eram sempre populares, especialmente aquelas até do ano anterior ou algo assim: "Olhaí, povo". Uma foto dela usando enormes óculos da Sally Jessy Raphael e fazendo biquinho foi uma das mais populares, com 384 curtidas e 73 comentários; talvez a foto de ontem, uma reencenação, na saia branca e blusa roxa, tenha sido uma tentativa tola. Eventos atuais funcionavam, se eles fossem interessantes, histórias profundas que ela via nas notícias do Yahoo sobre remédios que, na verdade, deixavam você mais doente ou leite de soja cheio de componentes de estrogênio e proteínas neurotóxicas. Postagens sobre a televisão eram ainda melhores: "Kerry Washington é TÃO linda. Eu quero essa roupa... e aquela também. Brilha, Shonda!". Cinquenta e seis curtidas instantaneamente. Vídeos de gatos iam melhor que os de crianças, que seguiam perto, mas postagens delicadas sobre a família e #bênçãos podiam ser complicadas, porque as pessoas não queriam ver quão feliz você estava com tanta frequência, mesmo que você estivesse inventando tudo.

***

Jilly voltou para a cozinha e examinou a geladeira. Muitos dos amigos dela tomavam antidepressivos e já tinham tentado se suicidar e recebido muito apoio por sua sinceridade. Jilly solicitou antidepressivos duas vezes para a terceira terapeuta dela, mas ela disse: "Não, Jilly, eu não sou esse tipo de médica. E você não tem depressão, é apenas narcisista e ainda não há medicamentos para isso".

Na terceira série, após ler *O jardim secreto*, Jilly havia pedido para a mãe – e, posteriormente, para dois médicos – um colete para as costas para tratar da escoliose, como Colin. Eles riram e disseram "Que imaginação", naquela voz de adultos.

A segunda terapeuta dela disse: "Você não é hipocondríaca; você só tem tempo demais nas suas mãos. Tente fazer trabalho voluntário em algum lugar".

As pessoas idosas no asilo pareciam desinteressadas quando Jilly tentou lhes mostrar seu sapateado e suas imitações de Shirley Temple. Um homem com longos pelos no nariz e nas orelhas dormiu no meio da apresentação dela, e seu ronco era tão insuportável que Jilly parou a performance para tentar acordá-lo.

Jilly pensou que postar algo vago sobre terapia ao menos deixaria algo na imaginação dos seguidores. Ela mencionava as experiências que tinha frequentemente nas publicações "Pense sobre isso" que ela postava nas terças-feiras, com legendas como "Quem disse que pessoas pretas não fazem terapia?" e #terapia. Se ela mencionasse o assunto com frequência, sem dizer o porquê de fazer terapia, as pessoas poderiam pensar em uma doença mais sensual do que narcisismo, que você não podia exatamente dizer para alguém que tinha, porque a fazia parecer ruim, e ela nem ao menos tinha o tipo maligno ou o transtorno de personalidade oficial; até o narcisismo dela era rosa pastel, fofinho tipo *kawaii*.

Jilly estava com muita fome agora, e morrer de fome não era uma opção rápida de suicídio. Ela tinha um armário cheio de guloseimas, algumas até mesmo gourmet, mas um macarrão instantâneo de micro-ondas parecia se adequar melhor àquela ocasião do que, vamos dizer, peito de frango e brócolis. Ela escolheu um dos pacotes com sabor de comida tailandesa que estavam guardados.

Um ano antes, ela esqueceu de colocar água em seu lámen e o calor aqueceu os fios de macarrão secos e o pó de sabor, gerando uma bagunça com fumaça preta que deixou a cozinha da casa cheirando a peixe queimado durante uma semana, mas rendeu uma excelente foto. Duzentos e vinte e sete curtidas.

Durante o último ano do colégio, ela conheceu uma menina chamada Fátima que tinha bulimia, e ainda que Fátima não comesse laticínios no geral, frequentemente se empanturrava com grandes porções de *nacho* com queijo. Jilly não sentia inveja de nenhuma doença que fizesse você vomitar ou fazer cocô de forma incontrolável ou que levasse a emagrecer tanto a ponto de não ser mais bonita, mas parecia que todo mundo tinha um rótulo, que as doenças de todos pareciam chamar mais a atenção, que havia algo de elegante nelas.

Um de seus amigos – não on-line, mas amigo real –, Carl, do clube de arte do primeiro colegial na Eisenhower High School, tinha até morrido. Ele não pediu a permissão de ninguém nem deixou uma carta. A mãe e os amigos dele, até mesmo Jilly, haviam chorado copiosamente no funeral.

Jilly sentiu um arrepio, pensando em Carl no caixão fechado, nos olhos da mãe dele, vítreos e, ainda assim, vazios. Ela pegou uma tigela de porcelana que havia comprado na Etsy, estampada com pirulitos *kawaii*.

Ela ouviu pessoas, incluindo a irmã de Carl, dizer que o suicídio era o maior ato de egoísmo existente, pois deixava toda a bagunça para que outras pessoas arrumassem. Jilly não sabia como se sentir a respeito disso. Era o corpo de Carl e, portanto, a escolha era dele. E não importa como você morresse, sempre ficava uma bagunça para que outra pessoa limpasse. Se Carl tivesse morrido em um acidente de carro ou de câncer, a família ainda se perguntaria por que, e continuariam responsáveis por organizar o funeral.

Jilly escolheu uma colher de sopa feita de porcelana e *hashis* com estampas florais e os colocou ao lado da tigela. Quem cuidaria do funeral dela? A mãe nem ao menos sabia qual era a sua flor favorita, e ela provavelmente gostaria que Jilly fosse enterrada em um vestido Ann Taylor com o colar de pérolas. A peruca castanho-avermelhada era bonita, mas Jilly não tinha certeza se era assim que queria ser lembrada para sempre. Quem iria criar uma página on-line de tributo para ela ou garantir que as pessoas certas viessem ao velório? E quão bom seria um funeral se ela não pudesse, como Tom e Huck, vigiar os sofrentes e ver o quanto eles a haviam amado?

Ela castigou a si mesma pela estupidez e deu um riso. Não iria se matar, ao menos não hoje, certamente. Talvez ela experimentasse o trabalho voluntário de novo, tentando ler para os idosos. Ela poderia usar uma fantasia e visitar crianças doentes ou meninos jovens e atraentes no hospital; ela poderia ter uma série de ideias sobre as roupas que usaria e preencher as fichas de inscrição necessárias assim que terminasse o jantar. As fotos que ela postaria. Nada era mais recompensador, ela pensou, do que fazer caridade, ajudar aos outros e fazer com que as pessoas soubessem que você o fez.

Ela colocou água do filtro na tigela, sobre o macarrão desidratado e o pó, e colocou tudo no micro-ondas, apertando iniciar antes que pudesse se lembrar de seu celular.

Posteriormente, aqueles que a mencionavam, perguntavam se alguém havia notado algo de diferente nela. Ela tinha dado algum sinal? E por que ela colocou fogo na casa inteira e no pobre gato ruivo? Por que ela usou o celular em vez de um método mais convencional? Mas, naquele momento, Jilly viu apenas o brilho criminoso da explosão. Veio em quatro estouros vermelhos, como notificações, solicitações de amizade.

Sussurros para um grito

Os comentários jorravam constantemente e, ainda que ela nunca os respondesse de imediato, levando, por vezes, até mais de uma semana para não parecer desesperada, Raina sempre os lia quase tão rapidamente quanto os espectadores publicavam. Ela ignorava todos aqueles que postavam comentários de cunho racista, referências a macaco e os imbecis fetichistas de mulheres negras. A podridão deles era uma das principais razões para a oposição da mãe de Raina em relação ao "hobby" da filha. Mas o décimo oitavo comentário, "Você poderia usar o seu uniforme da Dorsey na próxima?", fez ela fechar o notebook. Levou um tempo até reunir forças para reabri-lo. Não havia uma foto de perfil no nome na tela, Sir_Pix_Alot, mas ela sabia que deveria ser Kevin ou um dos meninos da sala dela novamente. Não importava quantas vezes ela os bloqueasse, eles sempre apareciam com novos nomes e os mesmos comentários provocativos. "Sabemos que é você, Raina." "Por que você nunca fala assim com a gente na escola?"

Ela fechou o computador novamente e o levou do quarto para a cozinha bem iluminada, onde a mãe dela havia deixado dois recados na geladeira de duas portas: "No salão de beleza. Aqueça as sobras por volta das 6:30" e "Termine sua lição de álgebra antes de ficar no YouTube". Raina amassou ambos os bilhetes e os jogou no lixo, reorganizando os ímãs – um que fazia propaganda da loja de carros do pai dela e outro do dentista da família – que prendiam os recados à geladeira. O papel amassado fez um som satisfatório que os inscritos em seu canal iriam gostar. A mãe havia escondido ou jogado fora o pão gostoso novamente. "Fibras irão ajudar você com essa barriguinha", Carmen havia dito uma semana antes, a caminho de algum evento, mantendo os olhos grudados na região da cintura de Raina por mais tempo do que o necessário.

Enquanto comia chips de milho assados com húmus e *cranberries* secos, Raina colocou o vídeo para passar novamente. "Oi, gente", ela ouviu a própria voz, vinda do notebook, sussurrar na mesa da cozinha, enquanto via as mãos com as unhas recém-feitas acariciarem alternadamente uma pena e uma antologia infantil. "Hoje, pensei em" – passou as unhas pela capa do livro – "começar com alguns sons de arranhados e contar uma história para vocês". Ela havia cuidadosamente editado o vídeo para retirar o *frame* de dois segundos em que pigarreava, temendo ser um som muito incômodo, apesar dos seis pedidos ou mais para que fosse "mais crua". Ela havia brevemente ponderado apagar os três segundos acidentais de vídeo em que ajustava os seios na blusa, mas deixou, pensando na repercussão com a mãe e com Dom, enquanto apertava o botão Finalizar. Gostava de deixar pequenas surpresas para Carmen aqui e ali, às vezes para deixá-la em alerta, outras para forçá-la a tomar uma atitude. Na semana passada, foi o pingente de um colar que raspou no decote. Na anterior, decidira deixar a leve sugestão de um sutiã rendado por baixo de sua camisa com gola em V.

Ela estimava que Carmen era responsável por umas sete das mais de trezentas visualizações que o vídeo teve na primeira hora após ser publicado, porque, assim como a mãe verificava o histórico de pesquisas dela – que Raina sempre limpava, junto com as informações armazenadas em cache –, Raina via as estatísticas de visualizações dos vídeos, um detalhe que Carmen parecia não entender. A mãe dela provavelmente deve ter assistido ao vídeo no salão de beleza e deveria estar preparando um sermão. Dom ainda não tinha visto ou ele teria ligado, embora quatro e meia ainda fosse muito cedo.

Um ano atrás, quando Raina havia começado a fazer vídeos de ASMR, ela presumiu que não mostrar a cara preservaria seu anonimato até certo ponto, prevenindo os dramas provenientes dos vídeos de maquiagem e cabelo que ela começara a fazer na oitava série. Somente com a voz e o dorso expostos, ela acreditava que seus colegas de classe não a identificariam, mas alguém sempre conseguia. No entanto, não era como se ela pudesse começar tudo de novo, com uma nova identidade on-line, toda vez que a encontravam; os inscritos que tinha não saberiam como encontrá-la, e, se ela desse pistas, Kevin ou os outros meninos chegariam a ela também. Por que deveria perder o número crescente de inscritos ou as estatísticas de seus vídeos por causa de alguns babacas com muito tempo livre?

— Porque não é certo fazer essas coisas, nada disso está certo — a mãe dela havia dito quase uma semana antes. — Você não quer que as pessoas vejam você como uma daquelas meninas obscenas, quer. — Carmen formulou a frase mais como uma afirmação do que uma pergunta.

— O que tem de obsceno em ajudar as pessoas a dormir ou acalmá-las? — Raina disse, arrependendo-se quase imediatamente. Esse era o objetivo de tentar criar uma resposta sensorial meridiana autônoma, um formigamento da cabeça e do corpo em completo estado de relaxamento que algumas pessoas sentiam através de sons e outros estímulos. Raina sabia que alguns espectadores usavam os vídeos dela para propósitos mais vulgares (alguns dos comentários deixavam isso bem claro), mas ela via os vídeos que fazia e o ASMR como terapêutico. Imaginava sua voz como água morna se derramando sobre a coroa da cabeça de quem a escutava. Uma menina que sofria de transtorno de estresse pós-traumático havia escrito para ela na semana anterior, dizendo que "suas histórias, sua voz, foram as únicas coisas que me ajudaram a conseguir dormir".

— Viu, mãe — Raina disse, mostrando o e-mail para Carmen.

A mãe ajustou o cabelo recém-alisado — ele estava sempre recém-alisado, porque Carmen não permitia que o alisamento passasse do período, que ele encaracolasse ou mesmo murchasse.

— Nós duas sabemos que não é para isso que a maioria das pessoas está usando os vídeos. Seria diferente se você não estivesse sussurrando ou tentando fazer a sua voz soar assim — Carmen enfatizou a última palavra. — Ou se toda a sua cabeça estivesse no vídeo.

Raina desligou-se do resto do sermão, que envolvia quase sempre uma ou outra alteração do mesmo discurso: "Por que você não pensa novamente em ser modelo *plus size* se quer estar em vídeos e fazer dinheiro? Você poderia tentar na minha agência novamente. Ou ao menos voltar a fazer tutoriais de cabelo e maquiagem para que as pessoas pudessem ver como seu rosto é bonito, em vez de ficarem somente assistindo seus seios se mexerem enquanto você fala. Você mesma disse que não se sente segura com todos esses pervertidos e racistas por aí".

"Segura" era a palavra que Raina sempre ouvia ao final do sermão. O que a incomodava era que a mãe se preocupasse mais com pervertidos ou racistas anônimos deixando comentários lascivos de lugares remotos do que com a repressão que ela sofria a um quarteirão de casa, na escola. Raina não se sentia segura, não com Kevin ainda a persegui-la on-line, nem quando ele ficava no corredor dos armários na escola. Ela nunca se sentiu completamente segura na Dorsey. Pelo menos, não desde a quinta série, quando Kylie S. disse-lhe que o tempo que passaram juntas, da primeira até a quarta série, as noites que dormiram uma na casa da outra e os anos de aulas de patinação no gelo depois da escola já não importavam mais. Ela não podia mais andar com a única menina negra da escola, porque o pai dela disse que era "um pouco como a raposa e o cão de caça, e como eles tinham que seguir os próprios caminhos". Mesmo com o punhado de amigos que tinha, Raina sentia-se exposta na Dorsey, visível demais, a menina dos seios grandes, a menina robusta, a menina preta, a menina preta e robusta com seios grandes. Kevin não ajudava, sempre a isolando.

***

Às quinze para as cinco, ela colocou os fones de ouvido com o microfone 3D e ligou para Dom.

— Oi, desculpa, eu estava terminando de fazer uma coisa — o torso dele disse.

— Oi — Raina respondeu, alto demais antes de se corrigir. — Oi. — Ela meio sussurrou, meio falou. Dom preferia a personagem que ela representava nas telas, sem cabeça, e ela tolerava os pedidos dele para conversar sem mostrar o rosto, ainda que de vez em quando conseguisse espiar um pedaço do pescoço ou do cavanhaque escuro no queixo pálido, quase translúcido, de Dom.

— O que você achou?

— Hmm, foi bom — Dom disse, com certa hesitação. — A parte da história foi boa. Rapunzel foi uma bela escolha, mas, se você vai contar algo assim, acho que deveria mostrar mais do seu cabelo da próxima vez.

Raina estava tentando fazer a transição capilar do relaxamento para os fios naturais, ainda que os mantivesse alisados com a chapinha na maioria dos vídeos. Ela tentava pentear as pontas lisas e queimadas para que se misturassem com os quase dez centímetros de cachos e pequenos cabelos que cresciam no contorno do couro cabeludo. Mas isso fazia com que seu cabelo apenas chegasse à altura do queixo, não dos ombros, e Dom especulava que o número de visualizações dela diminuía quando ela não mostrava os cabelos na capa ou pré-visualização do vídeo.

Tinham se conhecido – na verdade, começado a conversar, primeiro por mensagens de texto e depois na câmera – após ele fazer alguns comentários nos vídeos dela. Raina tinha apenas cinquenta e sete inscritos até então, mas, com as sugestões de Dom – coisas pequenas, como contar histórias nos vídeos ou mudar as *hashtags* da publicação –, ela conseguiu fazer a própria marca crescer para mais de vinte mil inscritos em pouco mais de cinco meses, chegando até mesmo a fazer dinheiro com anúncios.

— Ok, mais cabelo — Raina sussurrou. — Mais alguma coisa?

— Hum, eu gosto desse tema todo de conto de fadas. Acho que mais vídeos nesse estilo, ainda mais se você se vestir a caráter.

— Tipo com um corpete?

— É, algo assim. — Ela pensou ter ouvido Dom mastigar alguma coisa.

— Vou pensar a respeito — Raina disse, com a mente já articulando os detalhes da reprovação da mãe. Fantasias eram especialmente ofensivas para Carmen e mais evidência de quão impróprio ou obsceno era tudo aquilo, não uma simples simulação ou roupa. Usando a voz normal, Raina disse: — Dom, você pensou a respeito do que eu disse, sobre o próximo passo?

Dom se remexeu na cadeira, suas mãos brancas flutuando para o topo da tela até saírem do enquadramento, provavelmente deslizando em seu cabelo. E, com certeza, ele mastigava algo.

— Eu acho apenas que poderia mudar as coisas, tipo, mudar muito — ele disse, após uma longa pausa. — Gosto de como as coisas estão agora.

— Eu também — Raina disse, lentamente, voltando para o sussurro gentil. — Mas, se você realmente é meu namorado, faria mais sentido que nós nos encontrássemos, ou ao menos que pudéssemos ver mais um do outro.

— Vou pensar a respeito — ele disse. — Meu pai está me mandando mensagens, tenho que ir. Eu te ligo ou algo assim mais tarde.

Raina não ouviu o telefone dele tocar, mas se despediu.

***

Sabendo que sua mãe não estaria em casa pelas próximas duas horas ou mais, Raina verificou os comentários.

> Earthworm366: Mano, você acabou de me dar um orgasmo cerebral. Nem sabia que isso era possível.
> **168 Gostei**
> AnimeAniME: Comentário escondido devido à baixa classificação. Mostrar comentário: Você me fez gozar de verdade.
> **147 Não gostei**
> RhiRhi#1Fan: SUSSURRIANA VC TEM QUE FAZER MAIS VÍDEOS PRA EU DORMIR. VC TEM OS MELHORES ESTÍMULOS!! TÔ FORMIGANDO TOTAL O TEMPO TODO
> **37 Gostei**
> NiceGirlFinishFirstorSecond: amei. um pedido: você pode fazer um vídeo de simulação falando sobre enrolar charutos???
> **12 Gostei**
> Lalalalalaland: Por que esse vídeo é mais popular com homens e moleques de 18-64 anos? Slá. Só dizendo.
> **80 Gostei**

Ela gostava dos comentários positivos, mas, por vezes, Raina sentia, brevemente, que todos queriam ver ou viam apenas uma parte dela, não o todo, que ela era somente um pedaço de carne, uma série de palavras--chave que ajudavam a identificá-la:

> ASMR sussurros chuva formigamento preta africana americana afro-americana robusta cheia seios grandes cabelo-comprido-nem-aí natural cacheado massagem suave falado binaural bob ross

água sons contar histórias cabelo escova gentil papel simulação adenoides dia de spa conto de fadas toques mente massagem autônoma sensorial meridiano respostas peitos decote

Enquanto ela deletava um dos comentários ofensivos mais recentes, que eram menores em quantidade e em frequência a esse ponto, os olhos dela encontraram outro comentário, claramente vindo de Kevin ou um dos amigos dele, talvez Adam ou Michael.

SmexyandIKnowIt: Eu quero você tem me deixa ter vai anda Raina.

Provavelmente foi publicado por Michael; ele era o pior dos três em pontuação, mesmo que se sentasse a três cadeiras à esquerda de distância de Raina nas aulas de inglês avançado naquele ano. Kevin era a espécie de líder deles. Tinha sido mais legal durante o primário, embora seu lado ruim se mostrasse caso você o provocasse. Raina quase chegou a gostar dele naquela época, admirando os cabelos castanhos curtos e o modo como os olhos verdes dele contrastavam com o bronzeado. Mas, por volta da sexta série, ele tornou-se realmente maldoso com muitas das meninas, não apenas com Raina, ainda que fizesse comentários frequentes sobre o tamanho dos seios dela. Mas foi somente quando tentou apalpá-la durante uma viagem escolar para Catalina que eles se tornaram inimigos. Ela o empurrou em uma fila de caiaques, fazendo com que ele os derrubasse. Chorando, ela correu para longe; ele falou para os seus amigos – e, depois, para a sala inteira – que Raina era uma vadia que havia mostrado os peitos para ele.

Desde então, ela não se sentia segura perto dele. Ocasionalmente, ele a surpreendia quando Raina estava sozinha, após as aulas ou perto do armário dela. Há um mês, ele sussurrou algumas das coisas que faria com ela. A primeira era agarrar os seios dela e depois cortar um deles fora. Raina inicialmente não havia contado para ninguém. Seria a palavra dela contra a dele, como foi quando contou para a mãe e o diretor a respeito do incidente em Catalina. A mãe dela havia dito que queria "resolver essa situação", mas também perguntou para Raina: "Você insinuou alguma coisa para ele pensar que podia te tocar assim? Você deu alguma deixa?".

Carmen não entendia os sussurros, assim como não compreendia por que Raina queria sair de Dorsey. E, de qualquer modo, Kevin não colocava nenhuma ameaça real nos comentários. Ela não tinha prova – com seus tantos perfis e fotos de perfil – de que aquele assédio on-line vinha de Kevin ou se ele iria de fato fazer qualquer uma das coisas que dizia. Mas, às vezes, ela se perguntava se o estresse do perigo implícito e iminente podia ser tão nocivo quanto o ato. Era a consciência das ideias de Kevin que deixava Raina ansiosa.

Ela bloqueou SmexyandIKnowIt antes de olhar os uploads recentes de outros canais de ASMR. Raina era uma das poucas criadoras de conteúdo de ASMR negras e, até então, a segunda menina preta com mais inscritos, mas a outra era mais velha e fazia vídeos havia mais tempo. Raina tinha esperanças de competir com a maioria dos influenciadores de ASMR não negros também, alguns dos quais tinham centenas de milhares de seguidores e vídeos com milhões de visualizações. Se contasse os dois canais anteriores que teve no YouTube, ela tinha um total de três milhões de visualizações – embora ao menos mil dessas provavelmente fossem de Carmen. No canal atual, Sussurraina, o vídeo mais assistido tinha cerca de 900 mil visualizações. O dinheiro que havia recebido dos vídeos permitiu que não precisasse de seu pai para comprar o fone de ouvido 3D que ela usava com Dom e nos vídeos, mas Raina não costumava fazer grandes compras com frequência.

A mãe nunca recuava em sua desaprovação com relação aos meios, mas aprovava os lucros de Raina e concordava que uma conta poupança iria ajudar a filha a garantir seu futuro sem depender de qualquer homem, mesmo que fosse o próprio pai.

— Tudo isso, esse estilo de vida, não vem somente do acordo do divórcio — Carmen relembrava Raina com frequência, apontando ao redor da casa. — Eu tinha meu emprego. Sempre garanta a sua própria renda.

Ela se perguntava se a mãe sabia que não era o dinheiro do pai que a oprimia, mas o modo como a mãe o mostrava: Dorsey, o carro de luxo, as refeições sem fim e outras ostentações. Raina queria que os filhos dela fossem para a escola pública, algum lugar em que nunca fossem os únicos em nada, para criar um ambiente tão seguro e acolhedor quanto ela pudesse.

***

Carmen chegou em casa por volta das sete horas, carregando grandes sacolas de papel marrom-e-brancas com alças de barbante. Ela preenchia o ambiente, apesar do corpo diminuto.

— Você comeu? — ela perguntou para Raina, que estava sentada no balcão da cozinha, metade dela assistindo a um *reality show*, metade pensando no que Dom havia dito.

— Acabei de comer um peito de frango e as couves-de-Bruxelas que você deixou. — Raina suspirou. Ainda estava com fome e planejando explorar o freezer para procurar qualquer sorvete adoçado com estévia ou outro lanche de baixa caloria que ela pudesse encontrar quando a mãe saísse do ambiente.

— Bom. O comercial da família é em duas semanas, não se esqueça.

— Eu sei, você já me falou três vezes e deixou um recado.

— Eu nunca sei se você lê os recados ou apenas joga fora — Carmen disse, levantando uma das sacolas marrons do balcão. — Eu peguei algumas coisas para você. Como foi o seu dia, aliás?

Raina encolheu os ombros. Ela refletiu se deveria contar sobre Kevin, de novo, mas, em vez de fazê-lo, disse:

— Bom. Tivemos um professor substituto na aula de inglês hoje, então eu fiz a minha lição de casa durante a aula. O vídeo está indo bem até agora.

— Hmm — Carmen murmurou, apertando os lábios enquanto mexia nas sacolas de compras. — Preferia que você não filmasse seus seios assim, mas a história era uma graça. Eu acho que esse vestido azul é o melhor para o comercial; o seu pai vai estar de azul, mas eu provavelmente vou usar cinza ou verde, ainda não decidi.

— Parece pequeno demais — Raina disse, levantando-se para sentir o tecido de um vestido trapézio azul-marinho, com um cinto de strass fino preso à cintura. — É tamanho 44/46 — ela disse, mais alto do que planejava, embora nunca conseguisse controlar a altura de sua voz com Carmen. — Eu sou tamanho 48, você sabe disso.

— Sim, mas você tem duas semanas — Carmen disse, sorrindo levemente e apontando para a outra sacola. — Todos eles são tamanho 46. Ao menos dê uma olhada. Eu gastei uma hora do meu dia procurando por roupas elegantes.

— Eu tenho que ligar para o Dom daqui a pouco — Raina disse e foi para o quarto.

***

Raina sentou-se em sua cama, ligou a televisão e considerou usar o supertrunfo dela — "Eu posso ficar com o papai, então" —, mas essa batalha não parecia ser necessária, ao menos não por enquanto. Talvez se Carmen a pressionasse novamente a retocar a raiz dos cabelos, Raina pudesse invocar a tal ameaça, irreal, mas ainda útil. Na verdade, o pai também não aprovava os vídeos dela, mas dizia que eles não eram perigosos enquanto ela os mantivesse decentes. Ela não tinha certeza se o pai havia visto muitos dos vídeos, mas quando Raina abriu a conta para investimentos, ele brincou, por mensagem de texto, que Raina era uma jovem empresária em ascensão seguindo os passos dele, e que, talvez um dia, a deixasse escrever e dirigir um dos comerciais que ele fazia. Ele nunca seguiu adiante com essa ideia, mesmo após Raina o presentear com um roteiro. "Que graça, meu bem", ele respondeu por e-mail. "Mas nós temos um cara que faz isso, um profissional. Amo você. Ouça a sua mãe ;)". Desde então, ela diminuiu a frequência dos e-mails que enviava a ele.

Raina odiava posar para os comerciais. A corpulência e falta de postura dela contrastavam com a altura e magreza da mãe e se misturavam com a forma redonda do pai. Nas câmeras, ela e o pai tornavam-se um, enquanto Carmen se sobressaía, presunçosa ou confiante. Raina herdou os olhos inchados do pai.

— É triste que ela seja parecida com ele — ela ouviu por acaso uma tia bêbada dizer uma vez, durante alguma festividade em que a família se reunia.

Os comerciais para a loja de carros de seu pai, que eram gravados duas vezes ao ano, deixaram de ser legais depois da primeira série, quando ela foi transferida para a Dorsey, onde os filhos de diretores de grandes empresas não se impressionavam. Ela tentou rir quando Kylie S., e até Megan e Liz, as duas amigas dela, fizeram piada a respeito do slogan bobo que o pai de Raina insistia em manter. Em homenagem a uma música do DMX suavizada e transformada em R&B, o pai dela cantava: "Qual o nosso nome? Tyson Family Motors. Se você quer, nós temos, nossos carros estão com tudo. Venha". A música original surgiu anos antes de Raina nascer, quando eles ainda moravam nos morros de Rancho Cucamonga e o pai dela, recém-formado da faculdade, havia herdado e reformulado a loja dos pais dele, transformando uma filial em quatro, e começando a ascensão da família – na verdade, a transição deles para o oeste – de uma casa no Inland Empire para uma em Westwood e uma casa de férias em Aspen. Eles não esquiavam; aquela casa existia puramente como símbolo de status. O pai dela morava em Woodland Hills, cerca de trinta minutos de distância de Raina, com a namorada, Manda, uma loira de vinte e poucos anos que basicamente tratava Raina do mesmo modo que Carmen; mas achava que o cabelo de Raina "fica tão lindo daquele jeito, com aqueles cachinhos pequenos". Raina os via cerca de seis vezes por ano, mais a gravação dos dois comerciais anuais, dos quais a mãe dela ainda participava quatro anos após o divórcio, porque tanto ela quanto o pai de Raina concordavam que "a marca da família é diferente da família".

Cenas da marca da família: Manda parada com um sorriso engessado, do lado, fora das câmeras; uma montagem de Raina, Carmen e Carl Tyson amontoados nas passagens de cada loja e de cada um dos outdoors do pai; uma família existente apenas nos cortes; o pai fazendo promessas em uma gravação; a canção-tema tocando por cima das poses deles.

***

Dom não atendeu quando ela ligou para ele por chamada de vídeo, mas mandou uma mensagem cinco minutos depois dizendo que ele ligaria em uma hora.

— Como você sabe que esse tal de Dom é uma pessoa real? — os amigos dela perguntavam, soando exatamente como Carmen, para variar.
— Você não assistiu *Catfish*?

Raina sabia que Dom era real e tinha a idade próxima à dela, embora uma vez ele tivesse dito que tinha dezessete e, em outra, quinze. Eles nunca tinham se visto pessoalmente – Dom morava em Connecticut –, mas ela havia visto o rosto dele em chamadas de vídeo, quando se falavam como pessoas normais. Somente depois que a popularidade dela aumentou ele começou a pedir que ela fizesse "mais como nos vídeos de ASMR", em voz baixa e sem mostrar o rosto. Ela iria esperar mais um dia ou dois antes de pedir que eles voltassem a conversar do jeito antigo. Além do mais, ele disse que deveria vir para a Califórnia para um programa de verão em cinco meses, na pior das hipóteses, eles enfim se veriam.

Carmen bateu na porta dela e a abriu sem que Raina consentisse.

— Me desculpe pelos vestidos tamanho 46, Rain. Que tal se formos à minha aula de pilates amanhã? Você vai se sentir mais confiante, se alongar um pouco. Podemos ir fazer compras no final da semana e você pode escolher algo que goste, 48, 46, seja o que for.

Raina suspirou.

— Eu não quero fazer compras, mãe.

— Você tem que usar alguma coisa — Carmen começou. Ela se sentou na cama de Raina. Vista de perto, a pele de Carmen era macia e sem poros, quase tão nova quanto a de Raina, com exceção de algumas marcas de pele. — Qual o problema, Rain? — ela perguntou com a voz quase afetiva e curvando a mão como se fosse tocar o ombro da filha. — Você não fala mais comigo.

A mente de Raina buscou as possíveis respostas para essa afirmação cega aos fatos: é porque você nunca está em casa; você nunca ouve, de qualquer modo; talvez porque tudo que você fala é um sermão; talvez porque você se preocupa mais com minha aparência do que com o que sinto; porque eu acho que Kevin tem postado anonimamente em minha página, me assediado sexualmente, de novo, e o que você vai fazer a respeito disso?

— Podemos ir ao shopping, mas eu não vou para o pilates. Será que você pode sair? Eu preciso ligar para o Dom — ela mentiu.

Carmen saiu bufando, murmurando algo sobre a instabilidade de humor e ingratidão dos adolescentes, e o que teria acontecido com ela se usasse o tom de voz de Raina com sua mãe.

Raina percorreu a tela vendo os novos comentários, outro deixado por Kevin. Ainda havia quarenta e cinco minutos até a hora em que Dom supostamente iria ligar, quarenta e cinco minutos para que ela se recompusesse e rearranjasse a voz agradável, e organizasse os detalhes de sua vida para mostrar apenas as partes bonitas.

Em dias assim, Raina por vezes fantasiava como seria fugir, pegar seu dinheiro, os equipamentos de gravação e encontrar uma comunidade de pessoas que de fato a veriam, não a marca da família, não os treze quilos extras, não as raízes não retocadas do cabelo ou as *hashtags* na internet, mas ela, independente de quem ela fosse. Pessoas que veriam a cabeça inteira e o corpo dela se enquadrando na moldura que ela quisesse. Mas Raina sabia que essa comunidade provavelmente não existia, e Carmen dizia que aqueles que fugiam apenas terminavam com traficantes de pessoas. Ela podia aguentar Carmen e Dorsey por mais alguns anos até a faculdade, não podia? Mas e depois? Ela queria pensar na faculdade como uma oportunidade para novas liberdades, para manifestar a própria personalidade, para se rebelar. Ela deixaria os cabelos crescer em pequenos cachinhos se quisesse e faria o que bem entendesse com seu corpo. Mas e se a faculdade fosse algo como o último ano do ensino médio, uma versão maior de tudo que ela tinha na vida atualmente, com versões mais velhas e exigentes das mesmas pessoas, onde ela trocaria Carmen e Kevin por fotos de perfil novas – uma irmã de sororidade controladora ou um professor assediador?

RAINA COMEÇOU a esboçar um vídeo novo. Geralmente escrevia um roteiro e o enredo primeiro e improvisava o monólogo quando começava a filmar, por vezes levando três dias para gravar um único conceito. Ela se sentou na frente da câmera, próxima ao microfone 3D, mas rapidamente abandonou o que tinha preparado. Com a cabeça inteira aparecendo no *frame*, ela falou com a voz natural, um pouco mais baixa para que Carmen não pudesse ouvi-la.

— Hoje eu não vou contar uma história de conto de fadas para vocês, mas algo sobre o que venho pensando, sobre mim mesma — ela começou. — Tenho dificuldades em muitas coisas. Às vezes, acho que sou bonita e inteligente, mas então alguma coisinha me derruba e já não sei mais quem sou. Não posso ser a única que se sente assim. — Ela fez uma pausa. Poderia estar chorando; a voz, aguda e falha, não modulava no microfone. — Estou cansada de fingir essa voz de sussurro e fazer de tudo para outras pessoas, me preocupar com minha aparência e se alguém vai me intimidar ou abusar de mim e contar histórias fantasiosas para outras pessoas. Quero parar de ter medo de dizer a verdade. Eu quero dizer: "que se dane todo mundo que pensa que pode me ameaçar de alguma forma, até mesmo minha mãe e meu namorado". Mas vocês iriam me ouvir?

Ela continuou até se sentir exausta, esvaziada como se tivesse passado por um expurgo profundo. A alegria que sentiu ao pensar em publicar esse vídeo fez com que Raina perdesse levemente o fôlego. O cursor pairou por cima do botão de envio.

O computador alertou uma notificação – Dom ligando para a conversa em vídeo – ao mesmo tempo que Carmen bateu na porta e invadiu o quarto dela novamente.

— Raina, o que foi? Você estava chorando. Eu consegui ouvir você do meu quarto. Fale comigo, querida. O que foi?

Raina não olhou para Carmen nem recusou a ligação de Dom. Com o computador ainda tocando e Carmen falando, ela cancelou o upload e deletou o vídeo. Poderia começar novamente depois, voltando para os contos de fadas. Editar era a parte mais fácil, de todo modo; ela trabalhava melhor em *frames* curtos, filmagens silenciosas, fragmentos.

Todos diziam isso.

Hoje não, Marjorie

Marjorie já estava esgotada quando entrou no DMV[23]. Ela tentou ater-se ao acrônimo que repetiu por toda a manhã:

> Experimente observar os seus sentimentos
> Saiba reconhecê-los
> Pense nas opções disponíveis
> Entenda essas opções
> Respire
> Então, proceda cautelosamente

Embora tivesse conseguido evitar confrontos inconvenientes nos últimos quatro dias, o percurso de carro até o DMV era exaustivo, a noite anterior fora uma tormenta, e ela sentia que estava quase no limite. Era uma daquelas tardes em que, por mais que ela se esforçasse, não conseguia enxergar nada de bom, nem colocar em prática as alternativas ao conflito que a terapeuta a fez estudar, tampouco conseguia substituir o "mas" por "e" como foi instruída a fazer. Em um dia bom, Marjorie deveria dizer "estou irritada, *e*, ainda assim, consigo manter meu temperamento sobre controle" em vez de "eu perdi a paciência, *mas* não pude

---

[23] Sigla de Department of Motor Vehicles, ou Departamento de Veículos Motorizados, em português. É análogo ao Detran no Brasil. (N. T.)

evitar". No lugar de "eu odeio multidões, *mas* tenho que ir ao DMV", em um bom dia, Marjorie poderia dizer "eu odeio multidões, e, ainda assim, eu não vou perder meu juízo indo ao DMV".

Aquele, no entanto, não era um bom dia. Marjorie pausou uma canção de Ice Cube no rádio e sentiu um arrepio de saudade do estilo de vida antigo dela e do ex-namorado, Charles. Assim que colocou os pés para fora do carro, arrependeu-se de ter escolhido uma camisa preta de manga comprida – ela sempre usava camisas de manga comprida. O sol queimava seus braços através do tecido. Naquele dia, Marjorie viu as vespas, mas não os arbustos com cheiro de lavanda que se alinhavam na entrada principal do DMV. Sentiu o cheiro do pólen grudento, mas não notou o brilho vibrante das flores amarelas nos canteiros. Um dos lados de seu cabelo não queria abaixar e, embora ela tivesse passado a chapinha durante horas, as pontas pareciam ralas e as raízes, crespas. Aquele era um dia cheio de "mas".

Dentro do DMV, crianças encardidas corriam para lá e para cá ou brincavam nos celulares, famílias conversavam em línguas que Marjorie não reconhecia, mulheres grávidas largavam-se sobre as cadeiras, exalando agudamente sabão em pó e desodorante. O ar condicionado forte imperava no lugar, substituindo rapidamente o calor do lado de fora com a opressão fria. Marjorie decidiu se levantar e ir embora enquanto ainda mantinha a compostura, mas, ainda assim, muitos elementos auguravam problemas. Você já está estressada *e* não vai se estressar ainda mais, ela disse para si mesma. Hoje não, Marjorie.

Marjorie preferia o DMV na Baseline, se é que alguém pode ter preferência por um DMV em vez de pavor puro e simples, mas ele estava fechado para renovações. Ela se repreendeu por esperar até o último minuto para renovar a carteira de motorista. Ela se repreendeu por escutar o conselho de Jessica, a única amiga que ainda lhe restava, que a havia alertado para "ao menos tentar renovar a carteira de motorista on-line ou ir para a sede de Foothill, já que você sabe como pode ficar irritada quando está em multidões. Aquela unidade é mais bonita, prédios novos".

Jessica havia errado nas três afirmações. Primeiro de tudo, Marjorie não podia completar a renovação da carteira de motorista on-line ou pelo telefone ou por correio. Ela já havia enviado as duas renovações anteriores por correio e, portanto, deveria comparecer pessoalmente nessa, para tirar novas impressões digitais, fazer o teste de visão e enfrentar as longas filas. De qualquer modo, jamais faria a renovação on-line porque não confiava no sistema on-line e acreditava que seus dados seriam roubados. Isso aconteceu há alguns meses com Londyn, filho de Coryn White, quando ele renovou a documentação do carro dele.

Em segundo lugar, Marjorie não tinha problema algum com multidões. Ela frequentava uma igreja com mais de dez mil membros, e havia acabado de organizar e se voluntariar para dirigir na campanha de volta às aulas três dias antes, entregando materiais escolares e alimentos não perecíveis para cerca de duzentas famílias. Coletou muitos dos suprimentos por conta própria, comprando os pacotes de borracha e colas em bastão mais baratos em lojas cheias. Não era a multidão no DMV que ela detestava, mas a ineficácia do lugar e as muitas variáveis que podiam tornar a experiência ruim. O mundo já era repleto de feiura, incluindo aquele DMV, escuro com chão de cimento e paredes vermelhas. E esse – a suposta beleza do DMV – era o terceiro erro que Jessica havia cometido.

Marjorie se acomodou na cadeira virada para a entrada, evitando uma mancha preta que poderia ser chiclete velho, e ajustando as mangas da camisa. Ela tentou se convencer que realmente não importava qual DMV ela escolhesse, porque, de certo modo, todos eram iguais. Ela teria que esperar em filas enormes em Fontana e em San Bernardino e, ainda que algum deles tivesse as cadeiras de plástico duro em vez dos estofos imundos, elas seriam igualmente desconfortáveis. E provavelmente ela encontraria o mesmo tipo de pessoa em todos os DMVs. Ela focou a própria respiração, contando até três ao inspirar e até cinco ao expirar. Mas esse exercício foi interrompido pelo modo intrusivo que uma criança a encarava; provavelmente era latina. Ela não saberia dizer. Havia tantos imigrantes agora.

O menino usava um moletom leve azul, com a touca tão enfiada no rosto que parecia esmagá-lo. Os tênis dele estavam arranhados nas pontas, e os olhos carregavam a insipidez de alguém que não conseguia ficar entretido sem televisão. Marjorie desviou o olhar; deveria ter trazido um livro. O menino continuava a encará-la. Marjorie fez uma careta e mostrou a língua para ele. Os olhos dele se arregalaram, ainda sem brilho, e ele voltou-se para a mãe, agarrando a manga da blusa dela, que, absorta com um manual de direção, nem olhou para ele. Isso serviu de lição, ela pensou, embora já sentisse a culpa esmagando as entranhas.

Marjorie não tinha filhos, nem queria tê-los. O trabalho voluntário que fazia sufocaria qualquer relógio biológico latente, silenciando-o da forma certa. As crianças que vinham coletar as mochilas e materiais escolares da igreja eram animais selvagens, mesmo as mais boazinhas. Elas estavam recebendo presentes, escolhidos por mãos carinhosas, e, ainda assim, algumas tinham a audácia de reclamar: "Eu não quero a vermelha", "Eu quero uma mochila diferente, não essa". Marjorie sorria graciosamente e lutava contra a vontade de dizer: "Para a fome não há pão duro, não é mesmo?".

— Você deveria ver como algumas das mães os vestem — ela disse a Jessica após levar as mochilas. — Roupas completamente inapropriadas. Uma menininha estava com uma blusa curta de alcinha, shorts e botas de cano curto com saltinhos. Veja bem, uma menina de sete anos de idade com saltos.

— A blusa não parece tão inapropriada assim — Jéssica disse. — É verão. Nem todo mundo deixa os braços cobertos que nem você.

Jessica sabia muito bem por que Marjorie mantinha os braços cobertos - algo que Marjorie não havia ainda contado nem à própria terapeuta, Alex -, então aquele era um golpe baixo. Jessica podia ser bem insensível para uma orientadora. Hoje não, Jessica, Marjorie pensou.

— E o jeito que eles falam — Marjorie continuou. — Alguns deles parecem ser analfabetos. Não me entenda mal, nós tínhamos as nossas gírias na adolescência, nosso dialeto do gueto, mas esses "eu vou estar querendo isso" e "ela vai estar querendo aquilo". O sistema educacional e esses pais estão falhando com nossas crianças negras.

A linha de telefone ficou silenciosa, e Marjorie estava prestes a perguntar se Jessica ainda estava lá quando ela disse:

— Sim, você já falou isso antes. Como está indo a terapia?

Marjorie fungou, prolongando o som, e disse:

— Está indo. Não sei por quanto tempo ainda vou continuar fazendo. E achei que você não iria me fazer perguntas a respeito disso, confidencialidade e tudo o mais.

Jessica inventou uma desculpa para desligar a ligação pouco depois.

Ela também frequentava a igreja de Marjorie, e se tornaram amigas rapidamente cerca de sete meses atrás, quando Jessica se juntou a um dos comitês de voluntariado de Marjorie. Mas ela estava começando a se afastar, como muitas outras pessoas recentemente. Marjorie notou, mas não os deixou saber o quanto essa distância a preocupava. O pastor Bevis havia dito, dois domingos atrás:

— Às vezes Deus permite que certas pessoas saiam de seu círculo porque elas não deveriam estar lá. Se Ele diminui a sua plateia, é porque nem todo mundo pode ir aonde Ele está levando você.

Marjorie soltou um "amém" bem alto e olhou na direção de Coryn White, um dos antigos membros do círculo de Marjorie, mas que provavelmente não estava indo aonde Deus a estava levando agora. Coryn nem ao menos a elogiou pelo sucesso da campanha das mochilas; ela era tão amarga. Coryn deu um sorriso fraco e não olhou mais nos olhos de Marjorie durante o resto do dia.

Após a conversa ao telefone com Jessica, Marjorie fez uma nota mental para ser mais positiva. Se Jessica parasse de falar com ela também, pareceria que Marjorie de fato não tinha ninguém, e Coryn iria ganhar novamente.

O menino de moletom lançava olhares cautelosos na direção de Marjorie, mas não estava mais a encarando. Ela ouviu dizer que o pastor Bevis iria usar filmagens da campanha da mochila no anúncio que seria passado nas grandes telas da igreja no domingo seguinte e a parabenizar pessoalmente pelo trabalho duro. Então, Coryn de fato teria alguma coisa para amargurá-la. Marjorie deu uma risadinha ao imaginar a cara de Coryn e, então, por se sentir culpada, quase reprimiu o sorriso. Mas, lembrando-se de seguir o conselho da nova terapeuta, ela deveria sentir os próprios sentimentos, não suprimi-los, e continuou rindo, ali mesmo no DMV.

Assim como o DMV em Foothill, a terapia foi ideia de Jessica, e Marjorie havia começado, relutantemente, cerca de um mês antes com uma das colegas de Jessica, uma terapeuta chamada Alexandria, Alex para simplificar.

— Pode ajudar com o seu trauma, esse problema todo com Coryn e a sua irritação — Jessica disse ao telefone; elas raramente se encontravam para jantar agora. — Não que eu esteja julgando você, é só que tem algumas áreas que você poderia trabalhar agora, enquanto pode. E é tudo confidencial. Eu certamente não falaria com a sua terapeuta sobre você.

De fato, Marjorie havia sido repreendida algumas vezes no trabalho atual e deixou o emprego anterior após uma discussão calorosa com sua gerente. Além de Jessica, alguns amigos de antes já a chamaram de irritadiça. Ela estava cansada dessa palavra. Ela não era um tubo de ensaio cheio de compostos químicos ou um vulcão procurando por uma oportunidade para expelir lava quente, deixando cinzas e danos ao redor. Ela era uma pessoa, tanto quanto eles, talvez mais complicada, mas certamente normal, tão normal quanto eles.

Foi assim que Marjorie se descreveu para Alex, durante a primeira sessão e na folha com seus dados: "bem normal, generosa e com um temperamento um pouco quente".

Alex, uma mulher negra baixinha e de pele escura, prendia bem os cabelos em um coque no topo da cabeça e usava óculos quadrados verde-oliva. Ela rabiscava notas em um bloco que mantinha próximo de si no menor de dois sofás, sem nunca tirar os olhos de Marjorie enquanto escrevia.

— É nisso que quero trabalhar, no temperamento. E algumas pessoas dizem que sou muito negativa e só enxergo o lado ruim. — Marjorie era específica ao estabelecer os próprios objetivos, focando a curto prazo; não queria desenterrar o seu passado ou curar-se de um trauma para melhorar o comportamento atual, como Jessica havia sugerido tão cruelmente. Não queria ser uma dessas pessoas que fazia terapia para o resto da vida, tagarelando sobre o que "minha terapeuta disse" ou "o que eu descobri na terapia". Marjorie achava um absurdo como essas pessoas nunca melhoravam; elas apenas usavam frases mais longas e complicadas para dizerem as coisas. Marjorie estava cansada e muito atarefada - era só isso - no trabalho, com o voluntariado e com os deveres da igreja, com os muitos dramas de sua vida social e com Coryn. Disse tudo isso para Alex, que deu o sorriso ambíguo dos profissionais de saúde e anotou alguma coisa.

— Você tem exemplos do que quer dizer com seu temperamento ou negatividade? — Alex perguntou. Quando não estava escrevendo, ela esfregava os dedos uns nos outros com muita vontade, como faria alguém com fome.

Marjorie omitiu alguns incidentes recentes com os vizinhos e o bate-boca há poucos dias com Coryn, escolhendo os exemplos com cuidado.

— Na semana passada — Marjorie disse, após uma pausa —, eu joguei um pote inteiro de iogurte pela minha sala. Era de amora, e todas as pequenas sementes ainda tinham um pouco de polpa. Elas deixaram marcas na parede e, a cada vez que vejo as manchas, fico brava comigo novamente. — Ela mexeu nas mangas da camisa e ajustou-as para que cobrissem os pulsos.

— O que fez você querer jogar o iogurte? — Alex perguntou.

— Muitas coisas — Marjorie começou. Algumas dessas coisas, ela não queria contar para Alex. — Tinha sido um péssimo dia no trabalho, depois encontrei Coryn, minha irmã adotiva, na Ralphs, a loja de conveniência a que sempre vou. Não quero falar a respeito dela, mas frequentamos a mesma igreja. Então, tinha acabado os picles que eu gosto na Ralphs e, quando cheguei em casa, o iogurte era de amora em vez de morango, porque, sei lá como, eu peguei o iogurte errado. — Marjorie sentiu-se levemente envergonhada, antecipando uma repreensão. — Não foi muito santificado da minha parte — ela disse.

O rosto de Alex não mostrava nenhum julgamento, mas ela fez anotações em seu bloco antes de dizer:

— Parece que foi um dia difícil. Às vezes traz uma sensação boa jogar alguma coisa, talvez não tão divertida na hora de limpar.

Marjorie concordou com a cabeça.

— O carpete ainda tem um pouco de cheiro de iogurte.

— Parece que essa raiva não apareceu do nada, mas estava borbulhando há algum tempo. O que aconteceu no trabalho antes disso?

— Eu me irritei com uma cliente — Marjorie hesitou. Não contou que mais cedo, naquele mesmo dia, viu fotos dela com Charles nas redes sociais e sentiu uma tristeza sufocante, ou que, quando esses sentimentos apareciam, ela frequentemente se punia beliscando os próprios braços e pernas, enfiando as unhas em feridas antigas até que elas voltassem a doer. — Sou contadora na tesouraria da universidade. Eu não disse em voz alta, mas sussurrei "vai para o inferno", quando meu gerente estava passando, e eu já tinha duas advertências em seis meses. Ele me lançou um olhar de advertência, mas não reportou o incidente. Não foi legal dizer isso, não era um bom testemunho da minha fé também.

Alex rabiscou novamente.

— A cliente tinha feito algo de errado?

— Eles sempre fazem algo de errado. — Marjorie podia sentir a pressão arterial aumentando. — Eu não fico irritada sem motivo. Essa menina entrou e, primeiro de tudo, eu vi quando ela furou a fila para pegar uma caneta de um dos outros balcões, e ela ainda estava preenchendo o formulário dela quando veio até o meu balcão. Ela cometeu um erro no preenchimento e quis discutir comigo sobre isso. Eu tentei as técnicas de alívio de tensão que devemos seguir, mas esse tipo de cliente é uma pedra no meio do seu dia.

Alex concordou e escreveu; ela deve ter usado alguma espécie de taquigrafia.

— Parece que você sente muita culpa pela sua raiva. Você acha que também sente raiva pela sua culpa? — Alex perguntou, e a sutil profundidade do quiasmo irritou Marjorie. Era exatamente o tipo de psicobaboseira que ela queria evitar e que, por vezes, apontava em Jessica, que suspirava e se desculpava.

— A Bíblia diz "Enraivece-vos e não pequeis" — Marjorie disse, pronta para pegar a sua bolsa e ir embora. — Então, se tenho culpa, é pelo que eu disse, que era um pecado, não por ter me irritado.

— Preste atenção nessa frase — Alex disse. — Você está *autorizada* a se irritar e ainda assim não pecar. Você se dá a chance de sentir a raiva?

— O que você quer dizer com "sentir a raiva"? Eu te falei que joguei um pote de iogurte e sussurrei "Vá para o inferno". — Marjorie estava começando a pensar que Alex era um pouco lenta.

— Mas você tentou suprimir esses sentimentos negativos ou parou para aceitar que estava com raiva? — Alex replicou.

Os dedos dela se moviam rapidamente; havia algo de semelhante a um esquilo nela. Marjorie decidiu que não voltaria mais. Mas Alex ficou parada e, após dedilhar na mesa dela, entregou um papel para Marjorie e se sentou novamente no sofá.

— Eu gostaria de trabalhar com você se você for continuar vindo — ela disse. — Você sabe o que quer dizer dialética? Que duas ou mais coisas podem ser verdadeiras ao mesmo tempo? Então, você pode se sentir do modo como se sente, observando o seu lado emocional e de fato sentir, e, mesmo assim, pode escolher não seguir esse sentimento. — Ela apontou para a própria cabeça, com os dedos ainda se movendo. — Somos capazes de reconhecer as nossas emoções sem ter que negá-las ou deixá-las ditar a nossa resposta. É como dizer "eu sinto que poderia comer todos os biscoitos ao meu alcance, mas sei que não devo". Em vez de invalidar os seus sentimentos, você diria "eu quero comer tudo isso *e*, mesmo assim, eu vou pegar apenas um biscoito de chocolate e comê-lo calmamente". — Alex inclinou-se para trás e parou de mover os dedos.

— Então eu diria "eu odeio o meu emprego e muitos dos clientes que entram aqui, mesmo que, como cristã, eu não devesse odiar, mas ainda assim eu terei uma boa atitude" — Marjorie disse.

— "E", não "mas" ou "contudo", "porém", "embora" ou "todavia", ou outros falsos "mas" — Alex disse. — Você diria "eu sinto raiva de alguns dos clientes no meu trabalho, e sou cristã, *e*, mesmo assim, terei uma boa atitude".

Marjorie não entendia como essas sutis mudanças semânticas fariam diferença, fosse no comportamento ou nos sentimentos. Ela já se imaginava como uma daquelas pessoas que sempre falavam sobre o que a terapeuta dizia, ou ao menos uma pessoa que fazia piada com o que a terapeuta havia dito. Mas... *e* - ela se comprometeu a completar a lição de casa durante a semana seguinte.

Estava demorando uma eternidade para que chamassem o número de Marjorie, outra razão para se arrepender de ir até esse DMV. Na unidade de Baseline, ela apostou, você poderia simplesmente ficar em pé na fila com os seus documentos prontos e conseguir a renovação da carteira de motorista muito mais rápido. Aqui, você tinha que pegar um número e esperar. Pegar uma letra e esperar. Preencher a papelada e esperar. Colocar as impressões digitais e esperar. Tirar uma foto - em que sempre saía parecendo uma pessoa perturbada - e esperar até que a pequena máquina imprimisse a nova carteira de motorista. Toda a configuração desse DMV era ineficiente - mesmo com a nova tecnologia e todos os monitores azuis -, encaminhando pessoas para as filas como se elas estivessem na Disneylândia, em que as filas pareciam diminuir somente porque desapareciam por trás das divisórias. Quando tinha trinta e três, Marjorie ganhou um processo contra a Disneylândia. Enquanto estava lá com o namorado, Charles Stampton, ela escorregou em uma poça perto da Splash Mountain e luxou o tornozelo. Havia ganhado processos semelhantes contra um dos restaurantes Denny e uma loja de 99 centavos em San Bernardino. Se esses negócios fossem mais eficientes, ela não teria que processá-los. Se Marjorie fosse a responsável por esse DMV, haveria duas seções com três filas cada, uma para quem faria os testes para a carta de condução e outra para placas de carro, registros e renovações. Seria possível entregar a papelada e colocar as impressões digitais, testar a visão e tirar a fotografia em uma interação única com um único atendente, sem números, sem letras, sem se sentar, entrar na fila, sentar-se, entrar na fila novamente e esperar por horas a fio.

Marjorie e Alex haviam discutido esse cenário naquela mesma semana, a fim de preparar Marjorie para lidar com o estresse em lugares nos quais ela tinha maior chance de perder — e já havia perdido antes — a cabeça. Essas filas são longas e a organização é estúpida, Marjorie pensou, e mesmo assim eu vou me sentar aqui e ficar em paz. Já fui malvada com uma criança pequena, e não há nada que possa fazer para mudar isso.

AS PRIMEIRAS QUATRO semanas de terapia foram bem mais curtas e secas do que Marjorie esperava. Ela ainda tinha que chorar ou surtar e, embora Alex parecesse tranquila, dava novas lições de casa para Marjorie praticar entre as consultas. A substituição de "mas" por "e" havia começado a ajudar, Marjorie admitiu depois da primeira semana, assim como a introdução do acrônimo, ESPERE, na segunda.

— A IDEIA É que queremos que você se acalme com essa pausa, para que possa sentir a sua raiva e proceder sabiamente — Alex disse.

MARJORIE TENTOU ESPERE na loja de conveniências e se sentiu como um pequeno robô, agindo por meio de programas em vez das próprias emoções, mas não xingou ninguém, mesmo em voz baixa. As planilhas de Alex não eram, de certa forma, diferentes dos roteiros que Marjorie usava no trabalho para abrandar conflitos com clientes irritados, e havia algo de confortante nos processos engessados e nos atalhos.

Entretanto - e -, em antecipação das consultas semanais, Marjorie se flagrou pensando sobre o que não queria contar para a terapeuta, ensaiando tópicos seguros para substituir as lembranças problemáticas que haviam começado a ressurgir, memórias da Mãe Lydia e Coryn, e das muitas cicatrizes nos braços, e as feridas internas correspondentes. Marjorie não queria que Alex – sem julgamentos ou não – soubesse que parte da irritabilidade era porque muitas pessoas não gostavam dela ou não a respeitavam, e parte do trabalho voluntário era talvez penitência pelos pecados que ela havia cometido. Não queria que Alex soubesse que o drama envolvendo a irmã adotiva resultava, em parte, da raiva que Coryn ainda sentia por algo que Marjorie fez. Não queria que Alex soubesse que ela havia dormido com o marido de Coryn, Charles Stampton, por anos e que às vezes, mesmo durante aquela manhã no caminho do DMV, Marjorie ainda, embora brevemente, sentia a falta dele.

A TAXA DE GLICOSE de Marjorie abaixou e a adrenalina aumentou apenas por pensar em quanto tempo ainda esperaria. Sentada, ela bocejou, com frio pelo ar condicionado mais frio do que deveria e ligeiramente irritada pelo desconforto. A agressão do ar condicionado na temperatura do corpo dela a irritava. Vasculhou a bolsa em busca de uma bala de menta ou caramelo e não encontrou nada. Tudo estava configurado para roubar sua alegria. "Hoje não, Diabo", ela sussurrou. Ela não dormira bem; isso era parte do problema. Os vizinhos, como de costume, deram uma festa bem barulhenta, e nem a convidaram – talvez por racismo, talvez machismo, por algum sentimento anticristão, ou talvez devido à discussão acalorada que Marjorie teve com eles sete semanas atrás a respeito de outra festa –, e ela passou a noite se revirando na cama, ouvindo a percussão grave das músicas que tocavam, tentando adivinhar qual era. Todas soavam como New Order ou possivelmente Depeche Mode, mas poderia ser algo novo que ela nunca ouvira, já que parou de ouvir músicas laicas em 1999, exceto quando estava com Charles.

Tantas pessoas tentavam entrar para o mundo da música agora, fazendo músicas que você quase não conseguia entender, quanto mais tolerar. Às vezes os estudantes na universidade ouviam música tão alto que você conseguia escutar mesmo que eles estivessem de fones de ouvido. Marjorie era conhecida por gritar do balcão no escritório de tesouraria:

— Qualquer música que eu conseguir ouvir de seu dispositivo, impedirá você de sair dessa fila.

Aqueles que conseguiam ouvi-la diminuíam o volume, e os que não ouviram a ameaça inicial entenderam quando ela a repetiu no sistema de alto-falantes.

Essa manhã, enquanto Marjorie se encaminhava para o DMV, um rapaz preto de vinte e poucos anos estava dirigindo próximo a ela em um Honda Civic pequeno, ouvindo algum novo estilo de rap, desses mais chorões, com as janelas abertas. Mesmo com o insuportável calor de agosto, Marjorie mantinha as janelas do carro parcialmente abertas para cortar um pouco o efeito do ar condicionado, que deixava o carro frio demais. Ela se viu obrigada a fechar as janelas por conta da música invasiva, e o fez enquanto encarava o jovem rapaz, que riu e balançou a cabeça ao som das batidas ainda estridentes, embora mais tênues. Isso a fez lembrar de metal soando, pratos batendo. Mais tarde, durante aquele mesmo dia, dois outros carros a fecharam no trânsito, impedindo-a de mudar para a pista da esquerda a fim de fazer uma importante conversão. Uma placa de PARE a lembrou do acrônimo ESPERE, mas o sangue dela já estava fervendo naquele instante e teve que se arrepender por ter usado os dois dedos do meio de forma agressiva.

Marjorie tinha apenas trinta e sete anos, mas se sentia mais velha do que seus colegas; alguns deles diriam que ela também se sentia superior a eles. Mas isso não era verdade. Quando muito, ela se sentia inferior devido às tantas falhas em se manter imaculada das manchas do mundo. Marjorie rezou a oração do pecador aos quatro anos e dedicou sua vida a Cristo muitas e muitas vezes ao longo da vida: aos quatorze anos, quando começou a fumar; aos dezessete anos, quando perdeu a virgindade; aos vinte e dois anos, após quatro anos de farra "selvagem" na faculdade; e aos trinta e cinco, quando se arrependeu do caso que manteve por seis anos com Charles Stampton. E ela se arrependia regularmente de alguns dos pensamentos recorrentes que tinha, pelas vezes em que, sozinha na cama, ainda pensava em Charles e desejava tocar os lugares que ele costumava tocar.

— Os seus amigos sabem como você é tão dura consigo mesma ou o quanto você se importa com o que outras pessoas pensam sobre você? — Alex havia perguntado na semana anterior, durante a sessão. — Porque me parece que a sua cristandade lhe oferece graça, mas você não parece nunca oferecer alguma para si mesma.

Marjorie quase contou para ela sobre Coryn e Charles nesse momento, mas, em vez disso, falou, em voz baixa:

— Estou apenas tentando manter minhas mãos limpas, dia a dia. Eu fiz muitas coisas ruins na minha vida e pedi perdão, mas sinto como se nunca pudesse parar de fazer essas coisas.

— E — Alex disse. — E você sente que não consegue parar de fazer.

UMA DAS FILAS dos balcões da DMV se movia particularmente devagar e, pela papelada nas mãos das pessoas enfileiradas, Marjorie supôs que era uma das filas de renovação da carteira de motorista. Ela quase não conseguia ver a atendente porque era pequena demais, porém Marjorie percebia que, quando as pessoas chegavam a ela, pareciam engatar em conversas fiadas. Esperava não cair com aquela atendente. Marjorie balançou a cabeça. Ela, de vez em quando, também engatava em conversa fiada com os estudantes que compareciam ao escritório da tesouraria, mas nada que fosse atrapalhar a todos desse modo.

A mãe do menino de moletom foi chamada para uma fila e, ao relembrar a careta que havia feito, Marjorie sentiu-se um pouco mal. Tentou sorrir para ele, mas o menino franziu a testa e enfiou o rosto no braço da mãe. As pessoas podiam ser tão impiedosas. Seria bom para Coryn se ela perdoasse, assim como Marjorie perdoou quando Coryn tentou que ela fosse excomungada pela igreja. Que absurdo mesquinho. A Igreja de Deus em Cristo nem praticava excomunhão. Coryn havia se casado novamente de todo modo e, sem a intervenção de Marjorie, jamais saberia que Charles era um adúltero. E não era como se Coryn fosse uma santa também.

Coryn, Marjorie e Latrice, a meia-irmã de Marjorie, cresceram juntas como irmãs adotivas sob os cuidados de Mãe Lydia, que tinha a completa aparência de uma piedosa mulher de igreja, mas uma guardiã injusta. Mãe Lydia se assegurava que as três meninas e os dois filhos adotivos estivessem sempre bem-vestidos e alimentados — mesmo que, em troca, eles tivessem que ajudar com a costura, cozinhando e fazendo as compras. O temperamento dela era assustador. Coryn, de pele mais clara e dois anos mais nova que Marjorie, com cabelos quase castanho--claros, era a favorita de Mãe Lydia, Latrice a alternativa, Marjorie o bode expiatório. Uma vez, Coryn roubou doze dólares da bolsa de Mãe Lydia e sorriu inocentemente enquanto Marjorie levava a culpa. Coryn saía de fininho da casa muitas vezes durante a adolescência, e quem levava a bronca era Marjorie.

— Você tem que cuidar das suas irmãs, menina — Mãe Lydia disse.
— Quem mais você tem além de mim e delas? Ninguém mais quer você.

Marjorie ainda tinha as cicatrizes das queimaduras dos cigarros de Mãe Lydia por toda a extensão dos braços e na parte de trás das pernas.

Mãe Lydia por vezes dizia para Marjorie, puxando o seu rosto para ficar próximo ao dela:

— Você me lembra de alguém que eu não gosto, e não consigo me lembrar de quem é.

Ela nunca a queimava após esses discursos, mas as palavras eram abrasadoras o suficiente. Marjorie se refugiava no banheiro para examinar os seus olhos e rosto redondos, os seios pequenos, as marcas nos braços, mas nunca conseguia entender por que Mãe Lydia desprezava a aparência dela. Aos domingos, Mãe Lydia era sempre "Louvado seja o Senhor" e "Eu sou abençoada". Algumas pessoas na igreja devem ter suspeitado que havia algo de errado naquela casa, mas, se suspeitavam, nunca deixavam transparecer, e Marjorie tinha certeza - de lembranças fragmentadas - de que, qualquer que fosse o lugar de que Mãe Lydia a resgatara, era pior do que com ela.

Certamente Marjorie havia perdoado Mãe Lydia e Coryn por essas feridas, até mesmo Latrice, que se casou ainda nova e se mudou para três cidades de distância. Latrice, ainda casada e uma professora agora, não falou mais com Marjorie desde o escândalo com Coryn e Charles. Marjorie poderia facilmente ter ressuscitado os rumores que pairavam a respeito de Coryn, sobre a questionável paternidade de Londyn, filho dela, e o "retiro espiritual" onde Coryn havia "dado assistência" ao pastor Bevis enquanto a Primeira Dama Bevis estava cuidando da mãe em Oakland. Mas ela não o fez. E ainda que Marjorie soubesse que Charles era casado com Coryn quando se envolveu com ele, eles não começaram a namorar por um espírito de vingança contra Coryn, tinha certeza, de início. Mas quando Charles sussurrou - com a barba rala contra a orelha dela - que amava a personalidade de Marjorie, os quadris dela e o modo como ela os movia, Marjorie sentiu-se vitoriosa. Ela não armou nada para machucar

Coryn; Charles simplesmente gostava mais dela - ela satisfazia as necessidades dele - assim como Mãe Lydia havia visto algo em Coryn que preferia. Essas coisas aconteciam, às vezes.

De qualquer modo, Coryn ganhou. Estava feliz e casada novamente com um homem que adotou Londyn legalmente. Marjorie tinha apenas o seu trabalho, o voluntário e o pago - e a veneração antecipada por aquele trabalho - e, de vez em quando, Jessica para mantê-la ocupada. Charles havia evaporado da cidade após o escândalo, depois que Coryn pediu o divórcio. Marjorie por vezes temia, especialmente agora com os valores restaurados, que ela jamais encontraria amor para além daquele do Senhor.

Seria bom para ela contar algumas dessas coisas para Alex, ao menos as partes de Mãe Lydia. Mesmo que as marcas de queimadura que cobriam os braços já tivessem se curado há algum tempo, por vezes as cicatrizes ainda doíam e, devido à autoflagelação de Marjorie, pareciam estar vivas, crescendo coisas que reinflamavam a todo instante. Marjorie não queria ver as marcas ou dar a oportunidade para que alguém perguntasse a respeito delas, então as mantinha cobertas. Mas, como Alex disse sobre encobrir os sentimentos, as mangas compridas não aliviavam a dor.

APESAR DAS MANGAS compridas, Marjorie desejou ter trazido um casaco para o DMV. Ela estava congelando e, de acordo com a tela na parede, ainda teria que esperar por um tempo.

— Cambada de incompetentes — um homem resmungou enquanto passava por ela para sair do prédio. — Todo esse tempo e agora você vem me dizer que estou com o formulário errado — ele gritou na direção dos balcões. — Obrigado por nada. — E saiu raivosamente do prédio.

O ambiente ficou silencioso por um instante, antes de ser preenchido com pequenos suspiros de prazer e incredulidade pelo discurso do homem. Marjorie leu um estudo em algum lugar sobre por que o DMV, bancos e espaços similares eram conhecidos pelo terrível atendimento ao cliente. Ele concluía dizendo que, quando se tem um local que concentra muito poder, mas trabalhos precarizados, o atendimento ao cliente seria a parte que mais sofreria. Quanto mais descontentes estavam os trabalhadores, mais descontentes ficariam os clientes. Ela leu também a história de um homem que foi ao DMV pagar uma multa de três mil dólares e, em um ato definitivo de passivo-agressão, pagou com trezentas mil moedas de um centavo soltas, divididas em cinco carrinhos de mão trazidos com a ajuda de alguns amigos. Esse tipo de coisa era o motivo pelo qual as pessoas perdiam o controle, tanto os empregados quanto os clientes.

Em parte, Marjorie entendia o sentimento. Os estudantes que vinham até a tesouraria com frequência estavam furiosos antes mesmo de entrar na fila, em pânico pelas ajudas de custo que não foram processadas corretamente ou irritados com o que acreditavam ser discrepâncias nas mensalidades. O treinamento de Marjorie a ensinou como resolver esses conflitos: (1) ouça (evite a palavra "mas"); (2) dê sinais de que entende o problema ("Sim, deve ser difícil mesmo"); (3) dê segurança ("Eu entendo, e posso ajudar você"); e (4) peça desculpas até por coisas que não foram culpa sua se isso servir para acalmar a situação.

Com alguns dos estudantes mais rudes, no entanto, Marjorie praticava o que ela chamava de retribuição financeira, sorrindo durante as transações deles, seguindo as quatro etapas pensadas para apaziguar e, então, cometendo certos erros depois que os estudantes saíam, para dar o troco pela má atitude ou pelo tom bruto. Ela instintivamente se sentia, ao mesmo tempo, culpada e justificada ao fazer isso. O supervisor dela uma vez a questionou a respeito desses "erros" e, desde então, Marjorie camuflava essas vinganças o suficiente para que não fossem detectadas. Mas ela se sentia pior, com o tempo, por fazer esses ajustes vingativos em vez de esperar pela retribuição divina. Sua consciência era cada vez mais rápida para cutucá-la com uma pontada de culpa. Marjorie, por exemplo, jamais dormiria com Charles ou qualquer homem casado agora. Ela entendia isso e todas as pontadas como sinais de sua contínua santificação, porque, como o pastor Bevis disse:

— Você é salvo uma vez, e isso dura para sempre, mas a santificação, tornar-se sagrado, viver corretamente dia a dia, é um processo, e estamos todos nesse processo.

O processo de Marjorie para esquecer Charles envolvia rezar muitas vezes e enfiar as unhas nos braços.

O monitor anunciou que Marjorie deveria entrar na fila para tirar as impressões digitais, e ela se levantou. Agora havia quatorze pessoas na frente dela, e a espera na fila da mulher que puxava conversa com cada cliente, fazendo com que todo o processo fosse mais demorado, era o fardo que ela deveria carregar. Sim, Marjorie entendia por que as pessoas perdiam a cabeça. Ela não aceitava, mas compreendia a raiva do homem enquanto saía do DMV, podia entender o desejo de pagar uma multa em moedas de um centavo, até mesmo de responder violentamente – não que ela fosse fazer isso, mas entendia o impulso.

Marjorie se moveu na fila. Estava diminuindo mais rapidamente do que ela esperava, mas a antecipação de ter que esperar em mais duas filas após essa minava o seu contentamento. Ela já havia feito mentalmente o ESPERE duas vezes a caminho do DMV. Agora que já estava lá havia mais de uma hora, não sentia vontade de pôr a técnica em prática. E ainda a incomodava o modo como Jessica havia encerrado a ligação tão rapidamente naquela manhã. Marjorie não conseguia entender as dificuldades em todos os seus relacionamentos; com Coryn, tudo bem, mas por que Jessica também estava se afastando? No dia em que sugeriu a terapia, Jessica havia dito algo como "você não quer envelhecer sozinha, quer, Marjorie?". Sim, o círculo de amizades dela havia diminuído, mas, para início de conversa, ele nunca foi grande. Como Mãe Lydia dizia, a quem Marjorie tinha além das irmãs, que a odiavam? Aonde exatamente o Senhor estava levando Marjorie, e seria um lugar tão importante que não podia acomodar nenhum amor que durasse? Ou era ela, como Jessica pensava, o problema? Seria ela realmente tão irritável? Irritável como Mãe Lydia?

E como Marjorie poderia contar para a terapeuta não somente a respeito do caso com Charles, mas também dizer que não havia sido ela, na sabedoria divina, que terminou com Charles, mas ele que a rejeitou, escolhendo Coryn em vez de Marjorie quando Coryn o confrontou a respeito do relacionamento de anos? A rejeição de Charles somente solidificou o medo de Marjorie de que havia algo de muito ruim e muito feio a respeito dela, algo irreparável.

Talvez parte da razão pela qual Marjorie não conseguia aceitar a graça inteiramente era porque não acreditava que o conceito, na totalidade, fosse justo. Por que algumas pessoas não deveriam pagar mais pelos pecados do que outras? Alguém que abuse de crianças não seria muito menos perdoável do que, digamos, alguém que atravesse fora da faixa ou cometa adultério? Se pecado era pecado, porque Coryn, que também tinha uma relação extraconjugal, que roubava Mãe Lydia e era promíscua de todas as formas possíveis, tinha muitas das coisas que Marjorie queria enquanto ela mesma tinha tão pouco para mostrar aos trinta e sete anos na Terra e trinta e três anos de santificação? Por que pessoas como Coryn e Jessica – e até Latrice, que havia nascido da mesma mãe biológica e nas mesmas circunstâncias – tinham tudo, casamentos, carreiras, famílias, enquanto Marjorie era apenas a outra, aquela com as marcas de queimadura? Sim, ela estava irritada. E por que não deveria estar? E, na fila, o peso de tudo isso começou a sufocá-la. Ela poderia, a qualquer momento, desmaiar ou chorar descontroladamente.

Marjorie era, naquele instante, a primeira da fila. A atendente, uma mulher morena, com a gola branca da camisa amassada e fragrância de amaciante sorriu ao ver o rosto de Marjorie. No crachá, dizia Kelly. Ela parecia demasiadamente animada, e Marjorie não conseguia tolerar esse irritante adicional.

— Veio tirar as impressões digitais, senhora? — Kelly sorriu. — Eu cuido disso — ela disse, esticando as mãos na direção do formulário de Marjorie. — Parece que o tempo estará melhor amanhã. — Kelly usava uma luva roxa em uma das mãos. Pegou o polegar de Marjorie e o conduziu, primeiro mergulhando-o na tinta e depois sobre o papel.

— Eu gostaria de falar com um gerente — Marjorie disse, enquanto Kelly pressionava o dedo indicador dela para baixo.

Kelly sorriu, confusa, e então, ao notar a expressão de Marjorie, disse:
— Como?

— O seu gerente — Marjorie repetiu. — Eu gostaria de falar com um gerente a respeito do atendimento deste lugar.

— Lamento que você se sinta assim, senhora. Posso chamar um gerente — Kelly disse. — A senhora poderia me dizer qual é o problema para que eu possa encaminhá-la corretamente?

Era como se Kelly estivesse lendo um roteiro ou um acrônimo de resolução de conflitos com clientes, o que aumentou a irritação de Marjorie. Kelly deveria falar com ela como se fala com uma pessoa de verdade, não como em um cenário hipotético de um manual de treinamento. Se havia alguém que conhecia e entendia dessas táticas, era Marjorie.

— Eu acabei de falar: o atendimento. — Marjorie aumentou o tom da voz e olhou para trás, para as outras pessoas na fila, em busca de apoio, mas ninguém devolveu o olhar. Ela se voltou para Kelly, levantando as mãos em exasperação, e esperou, analisou os sentimentos, reconheceu a raiva e a tristeza, imaginou as opções que tinha, notou a tinta preta nos dedos, os diferentes modos como o coração e as mãos ainda estavam sujos, a santificação dela estagnada, o plano de se manter calma durante aquele dia desmantelado, como as amigas e até mesmo Charles tinham razão por terem se afastado, a triste prestação de contas que ela daria ao Senhor.

E ela, então, gritou. E continuou gritando enquanto o sorriso de Kelly desaparecia e as filas de clientes se separaram para formar uma congregação ao redor do púlpito de Marjorie.

Esse Todd

Esse Todd era diferente. Ele não insistia que estava bem com sua condição. Ele fervilhava, assumidamente, e gostava de me dizer o quanto sentia falta das pernas, depois de um filme, antes que eu montasse ou saísse do colo dele, a cada vez que eu o via afundado na cadeira ou quando o clima estava propenso à melancolia. Ele não fazia nenhuma daquelas coisas que Pollyanna fazia antes da queda; ele era a Pollyanna logo após a queda, e eu gostava disso. E ele gostava de falar comigo a respeito disso; precisava que eu o ouvisse. Minha cabeça preenchia a curva do ombro dele como um pedestal para a Vênus de Milo.

***

O primeiro Todd se chamava Brian, e o conheci no mecânico. Eu estava sentada em uma daquelas cadeiras de plástico esperando que aqueles homens, que fingiam não falar mal de mim, consertassem o que quer que estivesse de errado com o meu carro e trocassem o óleo – porque uma boa forma de fazer com que eles achem que você sabe algo sobre carros é pedir para trocarem o óleo. A área de espera cheirava a borracha e café dormido, e, para evitar a mulher perto de mim que reclamava – para mim e para a televisão – sobre a postura do presidente em relação aos tratamentos de saúde das mulheres, eu encarei as panturrilhas à minha esquerda. Uma mancha roxa interrompia o marrom uniforme da pele e se espalhava a partir do tendão de Aquiles do homem – talvez ainda mais baixo, mas estava coberto pelas meias e tênis – e então, como o bronzeado de um fazendeiro, acabava exatamente na bainha dos shorts que ele vestia.

Ele usava uma bengala de cerejeira com detalhes em ébano, lindos materiais. Odeio aquelas pessoas ofensivas que acham que podem perguntar "como você virou deficiente?", ou "qual é o seu problema?", então, decidi puxar assunto para encorajá-lo a voluntariamente me contar sobre sua condição. Eu ainda não sei como chamar essas pessoas – "portador de necessidades especiais", "deficiente", "aleijado", com ênfase na ressignificação do termo de forma positiva –, então os chamo de Todd porque faz sentido para mim. Mesmo agora que os gostos e excentricidades deles formaram um friso ao redor das paredes mais altas de minha mente, eu ainda os acho intercambiáveis, com exceção desse Todd.

O primeiro Todd, Brian, riu quando eu disse que a bengala dele parecia muito cara e perguntei se poderia tocá-la.

— Que jeito de puxar papo é esse? — ele perguntou. Então, apresentou-se e disse que eu não tinha "o dom do flerte". O fato de ele responder a uma garota que certamente estava fora de seu alcance com tanta confiança, assumindo que ela estava dando em cima dele, foi surpreendente.

Conversamos até que seu carro ficasse pronto. Eu gostava das veias sobressalentes nas pernas dele, acima do roxo, e do modo como seu queixo se cerrava quando ele parecia estar pensando. Seus olhos castanho-acinzentados tinham as bordas cor de avelã.

— Eu ligo para você — ele disse.

Eu disse:

— Está bem. — Em minha voz de incredulidade e, ainda assim, de flerte. Quando ele se levantou e aplicou pressão na bengala, vi o modo como ele andava sem equilíbrio, com as costas se mexendo de um lado para o outro como os olhos de um daqueles relógios de parede em forma de gato. Rezei para que o celular dele morresse e de alguma forma perdesse meu número, mas, quando me ligou, soando tão confiante, tão casual, eu me lembrei do porquê decidi passar o meu número.

***

Quando visualizo esse Todd – não Brian, mas esse Todd, o terceiro –, eu vejo o cabelo da nuca dele, tão reto, parecendo delineado com uma navalha afiada em vez de uma máquina de corte; ele está sempre sentado de costas para mim, com uma ligeira curva no pescoço, como se olhasse para cima, para algo melhor.

***

Namorar um Todd não era estranho. Inicialmente, demandava muitos ajustes da minha parte. Eu hesitei antes de apresentar o primeiro Todd para os meus amigos, temendo que agissem como se ele fosse alienado ou especial. Meus amigos não são sempre tão sensíveis quanto eu. Eu considerava chegar mais cedo em todos os eventos para que Brian já estivesse sentado e ninguém o visse mancando, apenas para evitar o constrangimento, não por eu ter vergonha. Decidi que não haveria dança. Sim, as calças dele cobririam as contusões, e ele provavelmente faria a oscilação parecer-se com um gingado se ficasse parado em um lugar. Mas, naquela época, eu me preocupava com o estigma da bengala. A não ser que começasse a tocar "Big Pimpin" na boate – e por que tocaria? –, a bengala seria uma chocante revelação.

No entanto, todos amavam Brian, e eu também achei que o amasse. Falávamos sobre coisas comuns da faculdade, de seu interesse em antropologia e autoetnografia. Ele entendia as minhas esculturas e a minha última montagem, e eu fingia escutar quando ele falava de branquitude normativa, silenciamento e invisibilidade cultural. Não havia paralisia para superar. Estacionávamos facilmente quando ele dirigia até o campus e aproveitávamos o acesso rápido aos brinquedos na Disneylândia, enquanto eles ainda permitiam que as pessoas fizessem isso – porque, acredite ou não, algumas pessoas fingiam ser deficientes para levar vantagem. Outras chegavam a contratar os próprios Todds para furar a fila. Eu me acostumei com a cadeira de rodas que ele usava em viagens prolongadas, e logo me senti confortável ao operá-la, guiando-o, empurrando-o com destreza. Eu gostava de vê-lo se esforçando para colocar as meias de compressão que usava para dormir. Gostava do modo como a "cor de carne" do grosso tecido contrastava com os tons de marrom da pele dele, com manchas que pareciam ser dos hematomas e inchaços, como se alguém tivesse acariciado e torcido e retorcido as pernas e comprimido a carne escura delas até entrar em invólucros pálidos. Tentei imaginar como seria uma versão dessa imagem em escultura, mas nunca conseguia decidir quais seriam os materiais certos.

É CLARO QUE havia problemas com Brian. Eu tentava me fazer disponível para ele o quanto fosse possível, não somente sexualmente, mas emocionalmente. Mas ele nunca conseguia balancear o otimismo que tinha sobre si mesmo com a necessidade de ajuda. Sempre dizia coisas do tipo "Kim, eu não preciso de ajuda", "Kim, as minhas pernas não me definem", "Por favor, não me introduza desse modo, Kimmy", "Kim, parece que é uma espécie de fetiche para você", "Não, Kim, eu não quero brincar de médico. Não, você não pode remover os curativos".

Quando terminou comigo, Brian disse:

— Eu não quero ferir seus sentimentos, mas você é muito pegajosa. Gosto de garotas que tenham vida própria.

Eu podia conseguir algo muito melhor que ele, então o mandei sair andando rapidinho. Senti-me vingada ao ver o leve tremor em sua sobrancelha.

Eu soube duas semanas antes que esse Todd estava planejando me deixar. Não sou uma daquelas mulheres que ficam por favor, por favor, por favor, meu amor, não se vá. Eu tenho valor demais para isso. Há uma coisa que sempre digo: "É preciso bater onde machuca".

***

Conheci o segundo Todd no ônibus, e ele é um pouco complicado de se lidar, então vou chamá-lo de Jamal para proteger a minha identidade. E, para apresentar todos os fatos, eu não precisava exatamente pegar o ônibus, porque meu carro já estava funcionando na época, mas eu gostava de andar de ônibus, de vez em quando, só para ver quem estava lá. Eu me sentava na frente, perto dos assentos para deficientes. Notei primeiramente os braços dele, escuros e musculosos, contrastando com a regata verde. Então, notei o modo de andar. Ele havia mancado para entrar no ônibus, mas parecia mais uma marcha dura, como se arrastasse as pernas atrás de si, como em um exercício físico. As pernas dele pareciam particularmente finas, mesmo com o jeans, como os membros de uma criança que brincava de usar calças de um homem adulto. Ele usava fones de ouvido grandes e insistiu em ficar em pé durante todo o caminho, mesmo após eu fazer sinal para que ele se sentasse ao meu lado. Eu pensei que talvez ele preferisse se obrigar a ficar de pé para dar força para as pernas, porém soube depois que ele apenas queria mostrar os músculos dos braços, mantendo-os flexionados enquanto se segurava no corrimão. Ele sinalizou com a cabeça que viu o assento, entre um movimento e outro no ritmo da música. Eu tentava não encarar as calças grandes demais ou braços de compensação excessiva. Imaginei que debaixo daqueles jeans deveria haver um toco, próteses, pernas esqueléticas ou não desenvolvidas com queimaduras tão severas que a pele havia se transformado em uma casca que descamava com a fricção. Mas as pernas de Jamal não eram como nenhuma outra que eu já tinha visto. Eram como aqueles bifinhos de carne seca em um tronco largo, um boneco de brinquedo estilo Comandos em Ação que havia sido desmontado e colocado nas pernas da Barbie.

***

Esse Todd, não Brian, nem Jamal, mas o Todd mais recente, o que eu visualizo olhando para cima, também tinha os membros superiores superdesenvolvidos e, quando estava mais brincalhão, ele me levantava cinco centímetros do colo dele com uma mão.

***

— Isso está se tornando, sabe, um tipo de fixação sua — Chelsea disse na noite após conhecer Jamal.

— Isso o quê?

— Não finja que não sabe. Esses caras. — Ela moveu a franja lateral fora de moda para longe do olho.

— Não é uma fixação — eu afirmei.

— Ao menos todos eles eram gostosos até agora.

— O que mais eles seriam?

Ela revirou os olhos, eu pude ver.

— Mas é um pouco estranho, amiga. Você sabe que é, como se estivesse virando o seu tipo.

Chelsea trabalhava como enfermeira e havia se tornado mais bonita nos últimos dois anos, mas continuava a namorar esses caras que se fingem de bandido, um após o outro, todos eles ensaiados o suficiente para parecerem do gueto, mas, de modo geral, nem um pouco assustadores. Todos gastavam a renda de fontes questionáveis em celulares e tênis, em vez de quitar dívidas da casa.

— Olha só quem fala — eu disse. — E não é meu tipo.

— Você não engana ninguém. Se você tem um tipo, você tem um tipo. Admita. Você gosta sempre de ser aquela no controle.

— Que besteira. Cala a boca — eu disse.

Eu terminei com Jamal no dia em que parecia que ele iria colocar as mãos em mim. Havíamos discutido em sua casa por ele se recusar a usar a cadeira de rodas o tempo todo.

— Mas você não se sente mal, sempre mancando tão devagar atrás de mim? — eu perguntei, tão gentilmente quando podia.

Não posso dizer com certeza se ele teria me batido, mas senti como se ele estivesse prestes a agarrar meu pescoço. Eu poderia ter utilizado a técnica de Wynonna Judd e empurrado tanto a ele quanto a cadeira de rodas para a varanda e dito "Vem me pegar então, seu manco", ou poderia ter feito como no filme *Burning Bed*, e queimado a cama dele, ou, como em *Louca obsessão*, mutilá-lo até que ele não tivesse mais membros funcionando para encostar em mim novamente. Mas, em vez disso, corri até o meu carro, terminei com ele por telefone mais tarde naquela noite, falei que as pernas de marionete dele me enojavam e bloqueei seu número.

***

Esse Todd era um "amigo especial" de Chelsea quando estávamos começando a graduação, e não quero dizer que ela seja aproveitadora, mas ele comprou-lhe muitas bolsas e sapatos bonitos e a levou ao restaurante Ivy, e dirigia um bmw mesmo sendo pequeno demais para acomodar a cadeira de rodas e, ainda assim, ela não dizia que ele era seu namorado. Eu o conheci antes da viagem ao Afeganistão e nunca pensei duas vezes a respeito dele, ainda que o visse como uma pessoa gentil e nada desinteressante. Ele voltou rabugento e um pouco rude. Disse a Chelsea que não ligava mais para coisas materiais, que cheques de invalidez eram recebidos por merecimento, que ele precisava de alguém que pudesse entender isso, seja lá o que significasse.

 Ele parecia tão bronzeado e majestoso na noite em que saímos em casais para jantar, antes de ele terminar com Chelsea, antes de Jamal terminar comigo. Não era como Roosevelt na cadeira dele, mas ereto como um medalhista de ouro das Paraolimpíadas de Londres, homem de ouro, ereto. Um Jimmy Brooks para chamar de meu, o meu tenente Dan Taylor. Ele usava jeans com as pernas costuradas para cobrir as protuberâncias dos joelhos, com um corpo robusto, mesmo que faltassem partes.

 Eu errei ao imaginar cortes secos, e que a pele dos tocos fosse como nogueira com polimento francês. Parecia mais a costura de uma bola de beisebol feita com argila e com texturização polida e escura.

***

Estou tentando contar tudo da melhor maneira que posso. O fato é que se esse Todd ao menos tivesse se acostumado com as coisas, aprendido a ver o mundo de modo diferente, visitado um conselheiro para ajudá-lo a lidar com sua condição, nós teríamos ficado bem. Se ele tivesse se inscrito para aqueles programas de graduação em estudos de deficiência, se tivesse mais o que fazer do que apenas pensar no nosso relacionamento, nós teríamos conseguido.

 Todd ficou muito bravo comigo, teve uma reação completamente exagerada um dia na Venice Beach, e foi o começo do fim. Algumas semanas antes, ele disse que não achava que deveríamos morar juntos ainda. Eu notei a larga pausa entre "juntos" e "ainda".

 Ele não havia estado em Venice desde a infância, e era um daqueles dias em que a praia está tão fria que tudo que você quer fazer é se sentar próximo a alguém, acender uma fogueira e fazer a sua própria umidade.

 Quando era criança, o pai de Todd o levava até Venice algumas vezes por mês para ver as performances de rua e andar na roda-gigante. Todd cresceu perto de Huntington Beach, mas o pai dele preferia Venice, "onde estão todas as cores". Eles compravam cachorros-quentes com cebolas extras e mostarda e os comiam enquanto andavam ao longo da orla.

Eu quis surpreendê-lo, fazê-lo se sentir melhor após todos os problemas que estava enfrentando, mas, antes mesmo de chegarmos à saída da interestadual, ele adivinhou aonde estávamos indo.

— Amor, o que você está fazendo? — Ele apoiou a palma da mão nos meus joelhos enquanto eu trocava a marcha e entrava à direita.

— Teremos um dia divertido, andando por aí. — Eu suprimi a vontade de me corrigir. Nenhum dos Todds gostava quando eu fazia isso.

— Não quero ter que ficar andando com a cadeira no meio de uma multidão hoje — ele disse, e pude perceber que estava em um daqueles dias, quando não se podia argumentar muito ou ele iria simplesmente se calar.

Eu já praticamente implorava para ele me deixar levá-lo a qualquer lugar.

— Eu tiro todas as pessoas do caminho, faço som de buzina como um caminhão dando ré — eu disse.

— E eu com certeza irei atropelar o seu pé.

— Vamos lá. Já estamos aqui. Podemos tomar sorvete e limonada, talvez comer um cachorro-quente. Eu deixo você me comprar uma bolsa falsa da Chanel.

Ele sorriu com um dos cantos da boca. Consegui uma bela vaga de deficientes entre o melhor lado do píer e a roda-gigante.

Na semana antes de irmos à praia, quando dormi na casa dele, ele pediu, do nada:

— Você pode parar de fazer isso?

— Fazer o quê?

— Encará-las.

Eu tinha pousado a minha cabeça no estômago dele, examinando as fissuras na cicatriz onde uma das pernas costumava estar, mas me fingi de besta quando ele chamou a minha atenção.

— O quê?

Ele se sentou e afastou a minha cabeça.

— Você sairia comigo se as coisas fossem ao contrário?

Eu suspirei, dramaticamente, porque não queria ter que analisar nada.

— Você diz se eu não tivesse pernas... — Tentei inverter a nossa imagem, eu enfiada em uma cadeira de rodas com acabamento de ébano, como uma Blanche Hudson derrotada, mas preta, jovem e mais bonita, enquanto ele pairava sobre mim, estudando as estrias das feridas.

Ele me interrompeu:

— Quero dizer se você não tivesse pernas, e eu sempre te lembrasse disso, ou se você tivesse, tipo, um problema sério de pele, e eu ficasse sempre encarando, fingindo que estou olhando para outra coisa.

— Eu não faço isso — eu disse. — Quando muito, gosto de lembrá-lo de como você é especial, não especial-especial, você sabe, mas realmente especial.

— Você não entende — ele disse.

— Não entendo o quê?

— É como se... é como se você esperasse que eu fosse sempre grato, como se você estivesse me fazendo um favor.

Mais tarde, pensei, não era isso que ele fazia quando comprava aquelas coisas caras para Chelsea e para as outras garotas antes de mim? Mas apenas perguntei:

— Grato pelo quê?

— É exatamente o que estou dizendo — ele disse, e depois virou-se de costas para mim. Um toco frio bateu contra a minha panturrilha embaixo das cobertas.

ELE SACUDIA a cabeça ao som da música e atirou uma nota de cinco dólares para as três crianças que dançavam break, e eu sabia que teríamos um bom dia. Ele se ajeitava de modo desajeitado na maioria das lojas, mesmo com as rampas, mas as pessoas a pé no píer afastavam-se para que passássemos sem problemas, prevendo o espaço necessário para a cadeira de rodas. As pessoas sorriam diretamente para nós. Eu queria que Todd tivesse usado seu uniforme, mas ele nunca mais o usou.

A arfada de uma menininha interrompeu minha negociata com uma vendedora de rua que jurava que as esculturas dela eram feitas de bálsamo verdadeiro. A menininha usava uma boina rosa e tirou o dedo da boca para apontar para as pernas de Todd. Ou a falta delas.

— Olha — ela disse. A mãe dela concordou com a cabeça sem tomar conhecimento de Todd. — Olha. — A menina repetiu, agora enfiando-se no suéter da mãe.

Todd não disse nada. Ele era passivo em público.

Eu intervim.

— Olha — falei em tom de zombaria. — Olha que menina de cara engraçada. Você deveria ensinar sua filha a se comportar — eu disse à mãe. — Ele é uma pessoa de verdade.

A mãe estalou os lábios e armou-se na minha direção, mas eu não ouvi o que ela disse porque Todd agarrou o meu braço tão forte que eu quase caí no colo dele.

— Está tudo bem — ele disse para a mãe. — Me desculpe por isso.

— Por que você está pedindo desculpas para ela? — eu comecei a falar um pouco alto demais, mas a minha raiva era justificada. A mãe fazia sons ininteligíveis enquanto as pessoas encaravam.

— Está tudo bem. Peço desculpas a todos. — Todd foi com sua cadeira de rodas para longe. Eu não tive outra escolha a não ser segui-lo.

Seguimos em silêncio, então, com a multidão lenta bloqueando o caminho.

— Ainda podemos comer um cachorro-quente? —perguntei após um tempo, me curvando para olhar no rosto dele.

Todd apertou os lábios com tanta força que parecia que seus dentes também haviam ido embora.

— Por favor, é tudo que eu queria para hoje.

Pedimos dois cachorros-quentes com mostarda e cebolas de um homem que estava ouvindo música turca ou curda ou indiana de um rádio velho.

— Vamos nos sentar perto da água. — Fiz um gesto com a mão na direção da costa, que ondulava a menos de cem metros de distância do calçadão.

— Você sabe que não consigo ir com a cadeira até lá.

Uma família de quatro pessoas olhou para ambos os lados e cruzou a ciclovia. Pararam na linha que demarcava a areia para tirar os sapatos antes de afundar os pés ao caminhar.

— Um dia vamos te arranjar uma daquelas cadeiras especiais que anda em todo tipo de terreno — eu disse.

Ele fez um som evasivo, não muito diferente de um grunhido, e disse:

— Está muito nublado.

TODD NÃO OLHOU para mim sequer uma vez durante o caminho de volta para casa.

— Chelsea me avisou que isso não daria certo — ele disse em voz baixa, quando nos aproximávamos do elevador do apartamento dele.
— Você vai se sentir melhor amanhã — eu disse.

***

Durante as duas semanas seguintes, eu me dediquei a algo que fizesse esse Todd entender. Confiando em minha memória e intuição, estimei a dimensão das pernas deles, o comprimento e a largura. Comprei a madeira - e, com mais dinheiro, eu esperava comprar um par de meias chiques e conectores. Eu esculpi, moldei e massageei a madeira. Poli, lustrei, assoprei a poeira e lustrei novamente. Talhei, nas solas dos pés, a minha assinatura e uma marca distinta para que não houvesse cópias.

Mas as pernas eram muito pesadas, pesadas demais para que Todd pudesse usá-las. Eu não consegui lixar o interior o suficiente para que não soltasse farpas e cutucasse a pele dele. E era muito difícil alinhar as cavidades das coxas com espuma para imitar a proeminência dos ossos dele, então foquei sobretudo na parte externa das pernas. Desde Brian, eu critico companhias que não faziam collants ou bases que combinassem com a pele negra e não entravam nessa seara porque vendiam nas cores claro, escuro ou médio, mas entendi depois. Não era apenas questão da normatividade branca, conceito que Brian me ensinou. Tentei de todas as formas fazer nos sutis tons da pele de Todd, suavizei a cor da perna com sépia, úmbria e castanho. Mas, mesmo depois de uma década de trabalho de estúdio, não consegui acertar o tom. Posso apenas esperar que em alguns anos eu consiga construir um modelo melhor com uma impressora 3D.

Enquanto eu as carregava escada acima no prédio de Todd - eu nunca usava o elevador a não ser quando estava com Todd -, uma perna caiu, bateu e tilintou, arrastando-se pelo reboco da parede até embaixo, mas continuei andando para que Todd pudesse ver ao menos parte do que eu havia feito para ele. Uma perna era melhor que nenhuma.

— O que você está fazendo aqui? — Ele parecia assustado e recuou a cadeira de rodas na quitinete dele, suponho que pelo fato de eu não ter ligado antes de usar a minha chave, mas eu sabia que ele estaria em casa.

— Eu disse que as coisas iam melhorar — falei, apresentando o meu trabalho, um símbolo do meu amor por ele, o símbolo da minha habilidade em superar as deficiências dele.

Fui embora antes que a polícia chegasse, passando para pegar a perna que tinha derrubado. Todd gritava coisas que não irei repetir; os vizinhos saíram de seus apartamentos para assistir.

***

Algumas vezes desde então, eu tentei dormir com as pernas enfiadas nas cobertas, perto de mim — colocava as meias de compressão nelas, e as posicionava dessa forma.

Da última vez que Chelsea falou comigo, ela disse:

— Mas por quê? Isso não destaca justamente o quanto está faltando da pessoa inteira?

— Não — eu rebati. Chelsea era muito insensível, às vezes. — Ele era o Todd errado. Eu só tenho que encontrar aquele que se encaixe.

Uma conversa sobre pães

Junior estava sempre provando coisas de brancos e trazendo à escola para também provarmos. Ele não foi feito para Jackson, Mississippi. Havia coisas que pessoas negras não deveriam fazer, como ser pego do lado errado da County Line Road após o escurecer ou usar a palavra "perfeccionista", e Junior fazia essas e outras coisas.

Quando ele trouxe pão de batata de almoço para a escola, nós ficamos todos, tipo, qual é a desse pão amarelo? Com certeza, era coisa de gente branca e o treco mais idiota de que já tínhamos ouvido falar. Até provarmos. Quando aquela maciez amarela encosta na boca, tudo muda. É como Apple Jacks[24]; nem ao menos tem gosto de maçã, ou batata, e não faz falta.

Croissants também, não aqueles empacotados que vendem no supermercado e que nossas mães e as tias do lanche tentavam nos dar. Junior tinha croissants de verdade – do tipo que você não pronuncia o "r" – de uma pequena padaria na esquina da Fondren District. Nós comíamos as pontas da massa folhada daqueles croissants como se fossem Pop Rocks[25], fazendo todo o trabalho dele nas nossas bocas.

Mas muitos de nós achávamos que brioche era o limite.

---

24 Marca de cereal matinal industrializado de maçã com canela, muito comum nos Estados Unidos. (N. T.)

25 Marca de um doce que fez muito sucesso nos Estados Unidos e que estourava na boca. (N. T.)

— Viu, é por isso que não conto nada para você. — Brian virou o *notebook* contra si na mesa e, olhando ao redor da biblioteca, abaixou a voz. Uma mulher loira em um suéter cinza (que se parecia com uma bibliotecária, mas não era) encarou-o da mesa ao lado. — Você está escrevendo como se fosse um antropólogo branco — ele murmurou a palavra "branco" praticamente sem som, somente a forma abafada dela, como um palavrão editado em uma música. — Nós comemos croissants de verdade, e nunca comemos os empacotados. Nós fazemos essas coisas desde o começo. E, Eldwin, você acabou de comparar pão com Pop Rocks?

A boca de Eldwin virou uma linha fina e ele puxou o computador para poder ler novamente.

— Por que você quer contar essa história, aliás? — Brian perguntou.

— Me conte mais sobre Junior e o que vocês comeram. Você sabe qual é o trabalho.

O trabalho etnográfico requeria que cada estudante coletasse uma história interessante de outro estudante na sala de aula e decidisse quais detalhes recontar com o objetivo de traçar um perfil da pessoa e da região.

— Eu sei qual é o trabalho — Brian disse, revirando os olhos. Ele parecia novo para sua idade. Apenas a profunda ruga horizontal que dividia sua testa entregava a idade. — Se você quer escrever sobre raça e comida, e o que quer que você pense que os mississipianos pretos não tinham, eu diria *bagels*. Acho que os *bagels* só existiam em bairros brancos.

— Tem *bagels* em todo lugar — Eldwin disse enquanto os dedos digitavam. — Não tem nada que defina *bagels* como algo nitidamente ou excepcionalmente branco hoje em dia, se é que um dia foi. Talvez coisa de judeu, em algum momento. Mas, quero dizer, todo mundo come *bagels* agora, e elas não são tão sexys como os croissants. Só um segundo. — Eldwin não alterou o volume de sua voz ao dizer as palavras "branco" ou "judeu". Escreveu por cerca de um minuto. Era dois tons mais claro do que Brian, mas também acreditava que era um preto dois tons mais escuro, se é que se pode medir essas coisas. — Que tal assim?

Junior estava sempre provando coisas de rapazes brancos e trazendo à escola para também provarmos. Ele não foi feito para Jackson,

> Mississippi. Havia coisas que pessoas negras não deveriam fazer, como ser pego do lado errado da County Line Road após o escurecer ou usar a palavra "perfeccionista", e Junior fazia essas e outras coisas.
> Quando ele trouxe pão de batata de almoço para a escola, nós ficamos todos, tipo, qual é a desse pão amarelo? Com certeza, era coisa de gente branca e o treco mais idiota de que já tínhamos ouvido falar. Até provarmos. Quando aquela maciez amarela encosta na boca, tudo muda. É como Apple Jacks; nem ao menos tem gosto de maçã, ou batata, e não faz falta.
> Bagels também, brilhantes como pretzels macios. Ele chegou a pedir para a moça da cantina, srta. Martin, para torrá-las na cozinha, como se pudéssemos fazer mais do que pegar uma fila e comer aquela comida de cachorro úmida que eles jogavam nos pratos de plástico. Mas ela torrou para ele, e nós o observamos pegar um pequeno pote de cream cheese Philadelphia da mochila e espalhá-lo por cima do bagels quente. Nós fingimos que não queríamos um pedaço para não parecer que estávamos mendigando a comida de outra pessoa.
> Mas muitos de nós achávamos que o brioche era o limite.

Brian fechou os olhos após terminar de ler e empurrou a cadeira de rodas alguns centímetros da mesa.

— O que exatamente significa "maciez amarela"? Soa artificial, como se você estivesse tentando forçar um sotaque sulista. Ninguém diria isso e, lendo de novo, não gosto do jeito que você está representando a escola.

— O que tem de errado com a escola? — Eldwin perguntou, correndo os olhos pelo seu trabalho.

— Faz soar como um complexo industrial-prisional.

Eldwin puxou o cavanhaque desgrenhado, torcendo os caracóis o máximo possível. Ele era aquele tipo de cara que achava que esse gesto o fazia parecer mais esperto e o cavanhaque, mais velho.

— Meio que *era* um complexo industrial-prisional — ele começou. — Todas as escolas públicas desse tipo são, e as privadas são parte desse sistema também, só de forma diferente. — Eldwin também era o tipo de cara que dizia "o sistema" com frequência.

— Eu entendo isso — Brian disse, olhando novamente para a moça branca, que não parecia especialmente interessada na conversa, mas que respondeu à atenção de Brian enfiando-se ainda mais no livro que lia. — Mas não gosto de como soa quando você escreve — ele concluiu, alisando a camisa polo preta. Ele nunca usava azul ou vermelho, uma fobia que havia desenvolvido ainda criança, ao assistir filmes sobre Compton.

— Como você escreveria, então? — Eldwin perguntou, sem tirar os olhos do computador.

— Eu não sei. Não tenho certeza se usaria o "nós" impessoal. Tentaria distinguir o narrador dos outros personagens para não parecer que eles são uma espécie de monólito. — Brian olhou novamente para a moça branca e, de fato, ela pareceu impressionada pelo fato de ele ter usado a palavra "monólito".

Ambos eram estudantes de graduação no Departamento de Antropologia no campus de Riverside, da Universidade da Califórnia, formando um atípico - quase mágico - grupo que, por acaso, incluía dois homens negros. O trabalho deles requeria uma combinação de entrevista feita pessoalmente e conversas casuais, cujas anotações formariam os rascunhos. Era a vez de Eldwin falar com Brian. Eles concordaram em escrever a respeito do tempo em que Brian morou em Jackson. O processo judicial que Brian movia e a deficiência estavam fora de questão, Brian pontuou, mas Eldwin não estava interessado em nenhum deles, de qualquer modo; ele queria insistir em uma história que Brian lhe tinha contado meses antes, sobre um menino que levara pão de batata para a escola. Também foi ideia de Eldwin - indo contra as regras do trabalho - usar a primeira pessoa do plural.

— Não estou escrevendo sobre todos os negros, nem mesmo sobre todos os negros de Jackson — Eldwin disse. — Estou representando um grupo específico com esse "nós", não estou tentando fazer que esse "nós" seja um "todos nós".

— Mas, ao escolher a primeira pessoal do plural como ponto de vista, você basicamente permite que o "nós" funcione como "todos nós". — Brian olhou novamente para a mulher e afastou sua cadeira alguns centímetros da mesa, depois a aproximou e a afastou mais uma vez.

Embora ambos se sentissem como unicórnios no programa de graduação, Brian era o que tinha mais problemas com o chifre, ajustando-o constantemente por nervosismo. Nunca pedia desculpas pelo corpo que tinha; sentia mais o peso da masculinidade negra do que da deficiência, mesmo que às vezes a bengala, a cadeira de rodas e as contusões nas pernas conferissem a ele uma crina arco-íris para acompanhar o chifre.

— Você está se afundando nessa besteira de respeitabilidade — Eldwin disse sem levantar a voz, com o mesmo tom que usaria para dizer "tem ketchup na sua camiseta". — Parece que você não está tão preocupado em proteger os negros do Sul, mas com as pessoas brancas lendo isso e fazendo suposições sobre os negros do Sul.

BRIAN NASCEU NA Califórnia, mas se mudou para o Mississippi com a mãe quando ainda era criança, depois para Inland Empire, quando terminou o colegial. Estava cansado de responder por que, vivendo na Califórnia, ele consideraria voltar ao Mississippi. As pessoas perguntavam mais a respeito disso do que sobre as pernas dele. Ele via ambos os estados como casa e gostava dos recursos adicionais do sul da Califórnia, mas sentia saudades do cheiro de Yazoo City, da quantidade de nogueiras e amoreiras da avó. Ele achava que os "nativos" da Califórnia eram esnobes e condescendentes, e achava enfadonho o modo como sugeriam que a terra seca deles era melhor do que qualquer outro lugar do mundo. Brian havia começado a estudar na UCLA, um lindo campus com mais prestígio, mas teve que deixar a universidade e o distrito por causa da perseguição de uma artista chamada Kim e o processo que se seguiu, ainda em curso. A UCR estava um nível abaixo do programa de doutorado original dele, mas o departamento estava pagando pelo curso, e o campus era mais fácil de ser explorado com uma cadeira de rodas, que ele usava em dias longos, em vez da bengala de ébano que era a marca registrada de Brian; o caminho de San Bernardino até Riverside era viável, apesar de feio.

— Não é respeitabilidade coisa nenhuma — Brian começou. — Não tem como capturar as diferenças regionais sem entrar em estereótipos. Os californianos sempre pensam que todos os outros são menos evoluídos, então, independente de quão consciente julga ser, você ainda está reproduzindo essa falsa superioridade. Está na voz e... — ele parou por um instante. — Eu não sei como você diria isso... a ocasião para a história. Tipo, em primeiro lugar, o porquê de ela estar sendo contada. Tipo, por que você iria querer contar uma história sobre um monte de caras negros do Sul descobrindo o pão de batata? Qual o propósito dessa história a não ser o de se mostrar como alguém, de alguma forma, melhor que eles?

— Porque é uma boa história — Eldwin disse. — Sobre diferenças culturais, diferenças na mesma raça, diferenças de classe. É mais sobre como existem muitos tipos diferentes de pessoas negras do que sobre fazer com que todos, menos Junior, pareçam um tipo. — Ele parecia orgulhoso dessa explicação.

Os dois homens trabalharam sem se falar durante um bom tempo, Eldwin voltando-se ao computador e Brian folheando o livro, sem de fato o ler.

***

— Você quer que pareça dessa forma. — Brian abaixou o livro.

— Que forma? — Eldwin perguntou, ainda digitando.

— Toda a coisa regional e de raça que você falou, mas é como quando minha mãe fez faculdade na USC. Ela tinha acabado de mudar de Jackson para cá, e ficou com uma colega de quarto branca. Ela já havia lidado com pessoas brancas antes, a melhor amiga dela era uma das únicas meninas brancas na escola...

— Então, ela era como uma menina negra honorária?

— Só que minha mãe nunca havia vivido com pessoas brancas antes. E essa colega de quarto, Sandy, Mindy, algo assim, sempre tentava tirar fotos da minha mãe quando ela saía do chuveiro, quando o cabelo estava molhado.

— A colega de quarto era lésbica? Sua mãe era lésbica? — Eldwin parecia excitado.

Brian lançou um olhar para ele.

— Para que ela pudesse pegá-la em seu "estado natural". A menina enviava as fotos para a família dela, tipo, olha esse elefante que vi bebendo água ou essa nativa com um disco no lábio.

— Isso é muito errado — Eldwin disse. — A colega de quarto era loira?

— Eu não sei. — A carranca de Brian se intensificou. — Provavelmente não. Mas, então, minha mãe ameaçou bater nela, e trouxe algumas amigas para dar suporte, e a menina chorou. Muito típico. Mas ela nunca mais tirou outra foto da minha mãe, e acho que ela foi transferida para outro quarto no segundo semestre.

A moça branca do outro lado da mesa parecia entretida.

Eldwin digitou alguma coisa.

— Espera, você está escrevendo isso?

— Estou tomando nota de algumas coisas, isso é tudo.

— O ponto dessa história — Brian suspirou — é que você não seja igual àquela mulher. Você está agindo igual a ela.

— Eu entendo — Eldwin disse, mas ainda estava digitando.

Brian suspirou, arrastando as sílabas pela irritação.

— Deixa eu perguntar uma coisa para você — ele disse. — Você não teve problema em não escrever sobre a minha ex, Kim, ou o caso na corte.

— Sim — Eldwin disse. — Você me pediu para não fazer isso; de qualquer modo, eu não tocaria na doida da Kim.

— E por que não? — Brian disse, posicionando a cadeira novamente mais perto da mesa.

— Não é minha história, não tenho permissão. A Kim não tinha uma espécie de fetiche? Ela não tratava você como uma arte delicada?

— Isso aí — Brian disse. — Se eu estivesse nos estudos de deficiência, poderia escrever uma dissertação completa sobre ela e a deficiência como um fetiche, a importância de narrar as próprias histórias e essas coisas.

— Como está o andamento do caso de perseguição? — Eldwin perguntou, finalmente olhando para cima.

Brian balançou a cabeça e arrumou novamente a cadeira de rodas na mesa.

— Está indo. Mas, enfim, você entende o problema com a colega de quarto da minha mãe e por que o meu caso não é sua história para você contar, mas não consegue enxergar como está sendo uma Kim com essa história toda do pão?

Eldwin parou no "sendo uma Kim". O nome dele deveria ser Edward, como mandava a tradição familiar, mas o avô dele, analfabeto, errou a ortografia na certidão de nascimento. Ele se sentia mais como um Eldwin, de todo modo. Brian não conhecia essa história, e Eldwin não iria contá-la agora.

— Eu já volto — Brian disse, deixando as coisas dele na mesa e desaparecendo pouco depois entre as estantes de livros.

Se Eldwin tivesse reparado na mulher branca da mesa ao lado – e pode ser que em certo nível ele reparou, mas não no nível visual –, ele teria percebido que ela estava muito interessada na conversa naquele momento. A teoria dele, que já havia dito para Brian, envolvia aprender a ignorar o olhar branco até que ele não viesse mais à mente. Então, "e somente então", ele disse, "as pessoas negras podem se livrar de toda aquela besteira de dupla conscientização". Se ele ligasse para o olhar branco ou o retribuísse, Eldwin teria visto a mulher tirar um pequeno caderno com um gato rosa na capa.

ELDWIN ESTUDOU EM uma escola autônoma multiétnica e fez a graduação no Pomona College, onde complementou o dinheiro da bolsa de estudos com três trabalhos de meio período. A pós-graduação era paga com uma bolsa e dando aulas, e isso fez com que ele tivesse mais tempo – ou, ao menos, mais oportunidades – para ser, segundo Brian e outras pessoas na vida dele, presunçoso.

O rascunho revisado dele dizia:

Junior e eu, veja bem, não éramos amigos no começo, até que, certo dia, ele trouxe aquele macio pão amarelo de almoço. Quando ele trouxe o pão de batata para a escola, eu fiquei tipo "O que é isso? Quem come isso?", mas, uma vez que ele estava em minha boca... um paraíso amarelo.

Ele também trouxe bagels, brilhantes como pretzels macios. Ele até chegou a pedir para a tia da cantina, srta. Martin, para torrá-las na cozinha, como se pudéssemos fazer mais do que pegar a fila e comer a comida de cachorro úmida que eles jogavam em nossos pratos de plástico. Mas ela torrou para ele, e depois que eu o observei pegar um pequeno pote de cream cheese Philadelphia da mochila e espalhá-lo por cima do bagel quente, eu implorei para minha mãe também comprar bagel para mim.

Ele também trazia outros tipos de pães, como brioche, chalá — talvez não chalá —, mas pão com passas, com cinco ou seis grãos. Junior e eu nos tornamos amigos rapidamente, almoçando juntos, jogando basquete. Mas, para mim, o limite se deu quando ele quis começar um "clube gourmet" na escola. Ele estava de novo com aquelas manias de gente branca e talvez de gay, também.

Eldwin sentiu que o rascunho soava pior do que antes. Ele não tinha mais certeza de por que queria contar essa história ou até se era possível fazer etnografia sem "ser uma Kim". Toda história não tem o papel de prover uma representação reduzida, na melhor das hipóteses, ou tornar alguém um fetiche, no pior dos casos? Ele pensou no avô e no registro do nome, como um erro de escrita formou a identidade dele. Aliás, por que sua mãe deixou o avô ditar a certidão de nascimento, se ela sabia que ele era analfabeto? Ninguém no hospital conseguia soletrar "Edward", ou essa era apenas uma história que a família contava?

***

Brian voltou das estantes com dois livros e empurrou um, *Peles negras, máscaras brancas*, de Frantz Fanon, na direção de Eldwin.

— Legal — Eldwin disse.

— Você deveria ler esse livro — Brian disse.

— Eu vou ler assim que você ler *Mumbo Jumbo* — Eldwin disse e os dois riram um pouco, embora nenhum deles achasse a situação engraçada.

Eldwin apertou as mãos uma contra a outra e esticou os dedos por cima e para trás da cabeça.

— Você terminou o trabalho? — Brian puxou o computador do outro lado da mesa.

Eldwin resistiu, puxando-o de volta.

— Não está pronto.

— Você tem quase uma página inteira agora.

— Não está pronto — Eldwin repetiu, com o rosto diferente, talvez um pouco encabulado. — Olha, talvez você mesmo deva contar essa história, e eu vou escrever sobre outra coisa, outra história da escola; você escolhe — Eldwin disse.

Brian deu de ombros.

— Tudo bem por mim. Você nem precisou ler o livro do Fanon para agir certo. — Ele sorriu.

A mulher branca, cujo suéter estava agora jogado no encosto da cadeira, parecia nervosa. Ela estava tomando notas, mas hesitou. Talvez ela fosse antropóloga também.

Lave e limpe os ossos

Alma manteve os olhos fechados enquanto cantava na igreja e também, mais tarde, no local de sepultamento. Havia algo em um caixão fechado que a deixava ansiosa, com muitos espaços em branco para sua imaginação preencher. Tentou focar na canção. Treze. O menino tinha a mesma idade que o número de buracos de bala no corpo, da cabeça ao tronco.

    O vento de janeiro roçava nas bochechas dela, mas não secava o suor. Ela passou levemente na testa seu lenço de seda, segurou a respiração e se sentou na cadeira branca marcada com seu nome. O alívio que geralmente sentia ao pronunciar "subindo aos céus" não veio, nem os profundos sons guturais afastaram o luto. Esse era o quinquagésimo funeral ao qual comparecia em dois meses. Ao ver os carregadores colocando rosas brancas em cima do caixão prata, ela se sentiu culpada, de repente, por ser paga para participar dessa intimidade. Não conhecia esse menino, embora tivesse contato com três dos outros nos quais havia cantado recentemente. As comissões que recebia mantinham ela e o bebê Ralph bem-vestidos em grossos casacos de inverno, incluindo o vestido de gala azul-escuro e boina da mesma cor que ela usava naquele dia. Serena por fora, destruída por dentro. A pélvis dela doía; o suor escorria pela linha do couro cabeludo da melhor peruca que tinha, e ela não conseguia se aquecer dentro da igreja ou fora, no gramado iluminado pelo sol perto do buraco onde o caixão do menino foi colocado em caráter definitivo.

— Você cantou — disse Bette, a colega do hospital onde Alma trabalhava, ao encontrá-la com o bebê Ralph perto da última fileira de cadeiras. — Foi um belo serviço, lindas flores. E você cantou.

A mãe do menino, a sra. Madison, aproximou-se e apertou a mão de Alma silenciosamente, acenando com a cabeça antes de partir, seguida pelo resto da família em uma fila cerimonial. Ela e o marido tinham cerca de quarenta anos, e o menino era, ou havia sido, o segundo de quatro filhos.

— Lindo trabalho. Nós vemos você em casa para a refeição — disse um homem alto, um dos tios ou primos que haviam ajudado com o enterro, na fila que se movia.

Alma sorriu. Ela havia confortado a multidão; esse era o presente dela, removendo, mesmo que temporariamente, um pouco do cansaço daqueles que não haviam dormido na noite anterior. Ela cantou "See You When I Get There", em conjunto com o repertório tradicional de funeral. Os pais do menino pediram especificamente que ela evitasse cantar "I Believe I Can Fly". Cantar em funerais requeria as mesmas habilidades que ela usava para acalmar amigos em salas de espera ou consolar maridos ao lado do leito das esposas. A multidão havia feito "mmmm" e dito "amém" e cantado junto com "Since I Laid My Burdens Down", erguido e balançado a mão direita, concordando com doente e cansado "cansado de estar doente e cansado". Havia sido um funeral decoroso, sem prantos ou lamúrias altas, mas algo a respeito da falta da tensão usual — a falta de prantos ou sinais óbvios de traumas físicos — fez Alma se sentir enjoada. Ela sentiu o frio inchar o estômago como uma fibroide, dando nós cegos sobre nós cegos.

Os medicamentos a fizeram ganhar nove quilos em dois meses, que se somaram ao peso da gravidez que ela não perdeu após ter Ralph. Seu rosto original flutuava no novo. A gonadotrofina e os antidepressivos que a ginecologista-obstetra e colega de trabalho dela, dra. Brown, prescreveu não estavam funcionando para abrandar as dores que sentia, mas ela os tomava de qualquer modo para fingir que estava fazendo algo. Acordava encharcada de suor frio, deixava lençóis frescos e um pijama limpo na mesinha de cabeceira ao lado da cama para trocar às três da manhã. Podia cronometrar as palpitações no peito e as dores em volta dos ossos do quadril. A menopausa prematura dela foi induzida aos trinta e cinco anos para cessar o crescimento dos tumores e os sintomas que ela tinha.

O que ela não esperava era a intensidade dos terrores noturnos, mantendo-a acordada após o suor se secar, crescente até a hora de acordar. E o que ela deveria fazer a respeito do bebê, deitado sobre o ombro de Bette, que também estava doente e cansado de estar doente e cansado, e cujo catarro formava uma crosta nas duas narinas, permitindo-lhe respirar apenas pela boca? O que fazer com o bebê que estava aparecendo com uma frequência cada vez maior nos pesadelos dela?

— Vamos sair daqui — ela falou para Bette.

***

Na lanchonete em Ashland, Alma e Bette sentaram-se a uma mesa com bancos de sofá, colocando Ralph perpendicular à mesa, em uma cadeirinha de bebê. Ele choramingou, e Alma lhe deu uma caixa de açúcar e adoçantes para brincar.

— Você já foi checar o nariz dele? — Bette perguntou, mexendo o café e adicionando creme. Ela era um ano mais velha que Alma e não tinha filhos, e costumava cuidar de Ralph quando os turnos delas na UTI não coincidiam.

— O mesmo de sempre — Alma disse, encarando seu chá.

Bette estava dizendo alguma coisa sobre como Ralph estava fofo e como a pequena camisa e gravata cor de borgonha dele o fazia parecer um senhor de idade, e como ela poderia devorá-lo todinho.

Você poderia ficar com ele, Alma pensou. E, então, disse em voz alta.

— Você poderia ficar com ele.

— E eu ficaria com ele, sim — Bette ecoou para Ralph. — Ficaria sim, ficaria sim. — Ela alcançou um dos pacotes de adoçante amarelo, cujo conteúdo Ralph espalhara pela bandeja da cadeirinha. Ele grunhiu para ela, pegando-o de volta. — Seja bonzinho, Ralphie. — A voz dela soava doce, como os sachês rosas de açúcar. — Seja bonzinho para a tia Bette.

Alma fez com que a própria voz ficasse mais alta e leve para amenizar o tom de uma pergunta hipotética.

— Mas o que você faria se eu simplesmente o deixasse, tipo, na sua porta? — Ela riu levemente.

Bette parou de sorrir enquanto tentava tirar um sachê dos dedos de Ralph, esvaziando-o rapidamente em seu café e devolvendo-o para ele.

— Eu o pegaria, mas ficaria preocupada. O que foi, Alma, o funeral, os funerais?

— Mas como você o manteria a salvo? — Alma perguntou.

— Nós moramos em um bairro bom — Bette disse, a outra parte do "nós" se referindo ao marido, Justin. — Poxa, você vive em um bairro bom.

— Mas como você o protegeria? — Alma disse.

— Da melhor forma que posso — Bette começou, mas terminou com: — Talvez nós devêssemos voltar para você descansar. Foi uma longa semana. Eu posso ficar com Ralph esta noite se você precisar de um tempo.

Alma negou com a cabeça.

Quando saíram, Bette deu um abraço extra em Ralph e um "seja bonzinho com a mamãe, querido", e disse que ligaria mais tarde para checar como Alma estava.

**

No pesadelo de duas noites antes, o irmão de Alma, Terry, apareceu com o menino do quarto 26, tocando guitarra em um dueto e cantando um pot-pourri das antigas músicas favoritas de Terry. Manchas de sangue seco como feridas de bala marcavam o pijama verde do hospital que o menino usava, e ainda que sua pele escura parecesse pálida sob a luz fluorescente do quarto, ele tocava a guitarra elétrica vigorosamente, uivando com um fervor demente.

> *Oh, what's a man to do?*
> *What's a man to do*
> *If I can't have you?*
> *If I can't...*

Eles cantaram sem a típica leveza de Terry quando recitava o *medley*, com os rostos raivosos. O garoto abaixou a guitarra de repente e, tirando um bisturi do bolso na altura do peito do pijama, aproximou-se de Alma.

— Eu vou fazer uma incisão do seu lado direito daqui até aqui — o menino disse, apontando de um dos lados do próprio quadril estreito para o outro. — Vou tirar um bebê, dê um nome obsoleto a ele, como Ralph.

Alma olhou para Terry em busca de ajuda, mas ele estava deitado na cama do menino com os olhos fechados e as mãos unidas, assim como estava no caixão. Ela tentou gritar, mas tudo o que saiu foi uma canção. O pesadelo acabou de repente com Alma ensopada no próprio sangue, mas, quando tocou os quadris, havia apenas o suor.

***

Alma levou Ralph para dentro do apartamento, que tinha vista para um pequeno lago artificial, e tirou o casaco dele. Ralph, dezoito meses de idade e robusto, havia enfiado quatro sachês de adoçantes amarelos e dois rosa nos bolsos. Ele segurava um canudo de café vermelho com força durante todo o caminho, e mesmo depois de entrar em casa, enquanto ela tirava a roupa dele e ele resistia para não colocar o inalador no nariz, Ralph cantava em um tom agudo, mas contente.

— Vá brincar com os seus brinquedos, Ralphie — Alma disse após trocar a fralda dele. Ela deixou a porta do quarto entreaberta e se aconchegou na mesa da cozinha.

Talvez Bette estivesse pensando que ela enlouqueceu; ela deveria ter contado sobre a falta de sono, ao menos a respeito dos medicamentos. Os pesadelos noturnos, ela manteria para si mesma. Terry a visitava com frequência neles, mas, ultimamente, os pacientes da UTI também estavam cada vez mais presentes, e até mesmo pacientes com trauma, dos quais ela apenas ouviu falar no corredor, mas não conheceu, estavam aparecendo. Elas — Alma, a mãe dela, a irmã, Lisette, e a namorada de Terry, Katrina — enterraram Terry sete anos atrás, aos vinte e nove anos, após um tiroteio com a polícia. Esse era o termo que os jornais usaram, "tiroteio", mas Terry não tinha uma arma consigo. Os processos foram fechados, o caixão dele, aberto, as visitas noturnas a Alma frequentes, mas já não alarmantes. Ele não parecia querer revelar algo a ela sobre as circunstâncias de sua morte. Ela manteve um pedaço do fêmur dele embrulhado em um pergaminho sem ácido no armário do térreo. Ela o lavou e limpou sozinha, um pedido especial que fez ao médico legista. A mãe, a irmã e Katrina guardaram os outros restos mortais, roupas, livros e violões.

Mas por que ele a estava visitando com as crianças, aquelas do hospital? Três semanas antes, foi o menino que correu em frente ao carro da polícia, dois meses atrás uma menina cujo irmão estava brincando com a arma da mãe.

Ralph chorou por trás da porta entreaberta, querendo que ela o pegasse no colo. E, ainda que pudesse andar – ele era apenas teimoso –, Alma o pegou no colo e o carregou até a sala de estar, presenteando-o com dois biscoitos amanteigados e um prato de papel cheio de bolachas de queijo.

Alma costumava imaginar sua vida como algo sensual, preocupações e cordas e fios que, com a combinação certa, produziam lindos acordes, lentos, blues chorosos. Agora eram também gritos no meio da noite e choramingos a qualquer momento. Eram apenas corpos; aqueles que vinham até a unidade dela com buracos de bala, crianças tão novas, com onze e doze anos, com os moletons ensopados e aqueles vestidos para os próprios funerais, com os buracos entupidos e cobertos com as roupas mais chiques que tinham, geralmente compradas de última hora por mães que tinham dificuldade em colocar macarrão com manteiga na mesa.

Quando Alma começou a trabalhar no hospital, algumas das enfermeiras a ensinaram a rezar para as crianças de acordo com a gravidade. O nível um significa rezar para que a criança ficasse bem; dois, rezar para que a dor diminuísse. Alma demorou para entender o nível três – rezar para que a criança morresse, e que a misericórdia e a graça encurtassem seu sofrimento –, mas ela o compreendeu com alguns meses de trabalho, quando o menino com o rosto estilhaçado foi trazido na cadeira de rodas. Os olhos da mãe dele convenceram Alma de que, às vezes, você sofria mais quando sobrevivia.

Havia tantos corpos no dia a dia de Alma, até mesmo o pequeno de Ralph, que alternava entre vivaz e entupido com bronquite, infecções dos brônquios, congestão causada pela sinusite crônica que coloria as narinas dele de verde e amarelo e o fazia vomitar no meio da noite para não se sufocar. Alma o banhava e tentava voltar a dormir, grata por ele não ter engasgado.

O telefone tocou e Alma pensou em ignorar a ligação de Bette antes de atender.

— Eu estou bem — ela insistiu quando Bette se ofereceu para ir até lá. — Vamos nos arrumar para dormir cedo e curtir o meu dia de folga antes que ele acabe.

Na certidão de nascimento lia-se Ralph Boaz Parr, mas Alma dizia que ele era o Samuel dela, porque, quando o útero dela ainda estava contorcido no intestino, ela prometeu ao Senhor que se Ele a abençoasse com uma criança, ela o ofereceria de volta a Ele. Após duas cirurgias laparoscópicas - uma para remover uma fibroide de seis centímetros com dentes e cabelo - e uma dilatação e curetagem, além de uma rodada de tratamentos de fertilização, ela concebeu Ralph com a ajuda do amigo Danny, que havia concordado em doar o esperma, mas não em ser presente; o progenitor, mas não um pai. Mas Alma não via problema nisso, até então. Agora, as aderências voltaram; ela podia sentir a pressão delas no lado esquerdo, e Alma tomava os remédios para adiar outra cirurgia. Perguntava-se o que poderia ter acontecido se ela tivesse escolhido ter um bebê no método tradicional, se Danny fosse a figura paterna, até mesmo o marido, e não apenas gene. Ela poderia ter tido suporte, ou talvez Danny, achando que cuidar de Alma e Ralph era impossível, a tivesse deixado tão sozinha quanto ela era agora.

Ralph usou um traje branco e chapéu quando foi batizado, e Danny compareceu, três meses antes, na mesma época em que o terror noturno se intensificou. No batizado, não mergulharam Ralph por completo, mas o salpicaram com água e ungiram a cabeça dele com o óleo santo, na tradição pentecostal. Alma havia guardado um pouco do azeite de oliva da unção em uma garrafa de vidro fina e enfeitada com espirais, embaixo da pia do banheiro.

Alma não ia tão longe quanto sua mãe no uso do óleo da unção. A mãe o aplicava nos pilares da casa, andava a esmo murmurando rezas e sugeria que seria bom para o bebê colocar um pouco na testa dele se começasse a ficar irritadiço. Ainda assim, quando ia se apresentar, Alma ungia a cabeça com óleo e rezava rapidamente, dizendo que iria, humildemente, confortar essas famílias e amigos, e que eles se lembrariam do encorajamento nas letras das canções e seriam renovados pelas melodias. Sem o óleo - embora não tivesse certeza disso - as apresentações dela pareciam menos reconfortantes, e deixavam luto no que deveria ser salvação. Não é que as canções dela não soassem tão bonitas, mas, depois que ela cantava sem a unção, as famílias sorriam para ela e agarravam as mãos dela como se fosse ela quem precisasse ser consolada. Sim, ela deve ter se esquecido de usar o óleo antes de cantar as músicas no funeral do menino Madison. Deve ser por isso que, apesar de todos os elogios, ela se sentia tão incomodada.

— Está na hora do banho — Alma disse, colocando música para tocar e carregando Ralph para o segundo banheiro.

***

Naquela noite, ela aplicou óleo de castor no abdômen, começando pelo lado direito, massageando sobre o fígado e descendo pela barriga para cada lado do quadril, e depois voltando para os flancos. Assim como o óleo de unção, o corpo a lembrava quando ela esquecia de completar o ritual. As toxinas pareciam se acumular mais depressa, a digestão se tornava mais lenta, e a dor – que nunca ia embora por completo, mas gostava de lembrá-la que podia se tornar pior – remexia-se em seu abdômen e cavidades pélvicas. Os pacotes de óleo de castor deveriam encolher todos os tumores, dizia na internet, e, apesar do treinamento em pesquisa e desconfiança, Alma se revestia com o óleo viscoso e gelado toda noite e esperava por sinais de melhora. Ela colocava uma almofada térmica sobre si e enrolava o tronco em tecidos velhos. O óleo manchava os lençóis mesmo assim, deixando um cheiro característico. Essa era a vida dela: os resíduos que podia lavar e os que não podia.

Ela não dormiu. Nunca conseguia dormir depois de se apresentar, não importava quão boa a apresentação houvesse sido, principalmente agora. Ela esperava por Terry e pensava que o menino Madison, embaixo da tampa do caixão, fosse acompanhá-lo. Mas foi Ralph que apareceu com Terry no pesadelo dessa vez, não cantando, mas chorando com uma voz grave, "Como você vai me manter a salvo?", o rosto e roupas ensopados, como se alguém o tivesse submergido em água.

Alma se levantou para verificar Ralph, que estava deitado, arquejando suavemente no berço. Quando ela voltou para seu quarto, ajoelhou-se ao lado da cama e rezou por algum tempo. Ligou a televisão no mudo e deixou o celular tocando música com o volume baixo. Ela se sentou na cabeceira da cama e se preocupou com o próximo turno, daí a quatro horas, com a vida, com a pélvis.

Quando Alma começou a cantar em casamentos, solteira e sem filho, o trabalho vinha lentamente, mas era a paixão dela, não apenas um segundo trabalho; ela não precisava do dinheiro. Alguns dos clientes – que ouviram falar dela pelos rumores que corriam no hospital e pelo CD de demonstração que ela entregava durante as consultas – achavam que os acordes e agudos eram demais para a ocasião, preferindo algo mais episcopal que a Igreja de Deus em Cristo naquele dia específico. Como uma cantora de funerais, ela tinha mais apresentações do que queria e pagava pelos tratamentos de fertilidade sozinha com os lucros, ainda que parecesse errado chamá-los assim.

A irmã e a mãe de Alma não conseguiam entender por que ela passaria pelos tratamentos rigorosos de preparação do útero apenas para ser mãe solteira. Mas elas nunca mais mencionaram o meio não tradicional da concepção de Ralph quando viram "aquele menininho tão precioso, tão parecido com o tio Terry".

Mesmo descolado como ele estava do útero dela, e mesmo com a sólida rede de suporte de familiares e amigos que tinha, Ralph, por vezes, parecia mais uma aderência de Alma, um tumor na futura felicidade dela.

***

Alma desistiu de dormir e sentou-se na cozinha após sentir Terry e Ralph vindo a ela mais uma vez. Ainda estava escuro do lado de fora, e o lago ondulava sob uma lâmpada de rua distante. Ela verificou Ralph em seu berço novamente. A fralda dele e a parte de baixo de seu macacão estavam encharcados, e algo branco e viscoso se acumulava em volta de seu peito. Alma percebeu que estava prestes a chorar enquanto caminhava até o segundo banheiro e preparava um banho.

Ela poderia ligar para Bette ou talvez para o hospital, até mesmo para a mãe.

Não parou para pegar, de dentro do armário, a banheira de bebê que costumava colocar dentro da banheira da casa. Deixou a água cair, testando a temperatura com o cotovelo. Tirou Ralph do berço; ele reclamou e chorou por um breve momento e, então, olhou nos olhos dela como se dissesse "Por que você me acordou?".

Ela tentou escrever uma mensagem de texto na cabeça, uma espécie de explicação ou desculpa, mas não conseguia decidir quais seriam as palavras certas. Ralph juntou as mãos antes e depois de ela tirar a camisa dele pela cabeça. Ela tirou todas as roupas dele e o vestiu com uma roupa branca de linho que havia comprado para uma futura viagem de férias. Então ungiu a testa dele com azeite de oliva.

Uma canção veio à cabeça dela, algo que Terry costumava tocar no violão quando ela tinha seis ou sete anos. Ela se arrumaria para trabalhar quando terminasse com Ralph – ela podia trabalhar mesmo se tivesse dormido ainda menos – e cuidar do menino no quarto 47, talvez fazer uma oração de nível três para ele e nível dois para ela.

Quando cobriu a cabeça de Ralph com a água morna, ela ponderou que ao menos não estava gelada. Ao menos era mais raso do que mergulhar ao lado de um navio negreiro. Ao menos era mais confortável do que o forçar a flutuar Nilo abaixo em uma cesta de palha. Ela o mergulhou uma vez e contou até cinco. Terry teve tempo de chorar enquanto as balas estraçalhavam sua perna direita, ou o peito? Ela preservaria alguma parte de Ralph? Os rostos dos dois se misturavam, formando um só. Ela chorou, aterrorizada, e dissipou a culpa ao cantar frases suaves, "seus ossos permanecerão inteiros", "não haverá mais choro, então". Ela conseguia fazer isso – onze, doze, treze. No quatorze, a dúvida começou a assustá-la. Não deveria Ralph ter uma escolha, agora que ele já estava aqui? Quem era ela para extinguir a vida dele por medo de que outra pessoa o fizesse? Terry gostaria que isso acontecesse com o próprio sobrinho?

Ela tirou Ralph da água, os olhos dele arregalados, a contagem dela já há muito tempo perdida. Temendo que o dano fosse já irreparável, ela ouviu o coração dele. Alma estava frenética, mas a memória muscular tomou conta e ela começou a bombear para fazer o CPR. E se o bebê dela não acordasse e, mesmo que o fizesse, ficasse vegetativo para o resto de sua vida?

Ela bombeou apenas uma vez e, então, Ralph gorgolejou, cuspiu água e chorou. Ele estava acostumado a praticamente não respirar.

Alma suspirou pela primeira vez em meses.

Ela não sabia como passariam aquela noite, nem os anos de solidão que viriam; um deles, ou ambos, poderia acabar com as cabeças embaixo d'água qualquer dia desses. Por enquanto, ela monitoraria a Ralph e a si mesma, talvez ligasse para Bette. Beliscou gentilmente a perna gorducha de Ralph. Sentiu algo como a luz do sol no pescoço e tronco, viu um clarão de paraíso ou esperança no rosto molhado do bebê, e o vestiu novamente, bem como a si própria para irem dormir.

Nota da autora

Eu seria negligente se não desse os créditos para o título desta coletânea – e a sua história principal – aos escritores que o inspiraram. O original *As cabeças das pessoas negras: escrito com um pincel branqueador* foi escrito por James McCune Smith, sob o pseudônimo de Communipaw. Smith criou uma longa série de histórias curtas similares àquelas mencionadas no conto que abre esta coletânea, e similar aos trabalhos de seus contemporâneos William J. Wilson (que escreveu sua própria série de histórias curtas chamada *The Afric-American Picture Gallery*, mencionada no primeiro conto) e Jane Rustic (pseudônimo de Frances Ellen Watkins Harper), uma prolífera escritora preta, abolicionista e feminista. Esses escritores publicaram com frequência, muitas vezes em folhetins no *Frederick Douglass's Paper*, *The Anglo-African Magazine* e *The Christian Recorder*. Alguns desses trabalhos figuram agora em antologias em volumes como *A Brighter Coming Day*, editado por Frances Smith Foster. As histórias curtas, inicialmente apresentadas para mim pelo trabalho do estudioso Derrick R. Spires, narram a vida de pessoas negras do rotineiro ao obscuro, do didático ao macabro.

Esta coletânea tem como ponto de partida, de muitos modos, o conteúdo original das histórias curtas de escritores negros do século xix. Os contos aqui apresentados não seguem a brevidade do formato dessas histórias curtas. E, enquanto Smith, Wilson e Watkins Harper procuravam teorizar o que significaria, para pessoas negras, ter plenos direitos de cidadania, as pessoas negras nesta coletânea têm, na teoria, direitos totais previstos na lei. Mas, assim como nas histórias originais, esses contos mantêm um interesse na cidadania de cidadãos negros estadunidenses, a classe média negra e o futuro da vida dos americanos negros durante momentos socioeconômicos cruciais. As histórias aqui apresentadas também brincam com o tema das "Cabeças" de modos diversos, considerando-as cabeças literais, bem como de liderança ou pelo viés psicológico. E, como deve ficar entendido, esta coletânea preocupa-se tanto com os corpos negros e a traição desses corpos – tanto externa quanto internamente – quanto com as cabeças.

Bibliografia selecionada

BROWN, Charles Brockden. "An Address to the Ladies, by their Best Friend Sincerity." *The American Magazine. The Charles Brockden Brown Electronic Archive and Scholarly Edition*. Orlando: 20 jan 2017. Disponível em: <http://www.brockdenbrown.cah.ucf.edu/xtf3/view?docId=1788-07594.xml;query=;brand=default>. Acesso em: 22 dez. 2020.

_____. *Arthur Mervyn; or, Memoirs of the Year 1793: With Related Texts*. Editado por Philip Barnard e Stephen Shapiro. Indianápolis: Hackett Classics, 2008.

_____. *Wieland and Memoirs of Carwin the Biloquist*. Nova York: Penguin Classics, 1991.

CULLEN, Countee. "Incident." *My Soul's High Song, Collected Writings of Countee Cullen, Voice of the Harlem Renaissance*. Editado por Gerald Early. Nova York: Anchor, 1991.

DOUGLASS, Frederick. *Selected Speeches and Writings*. Editado por Philip S. Foner e Yuval Taylor. Chicago: Chicago Review Press, 2001.

FANON, Frantz. *Black Skins, White Masks*. Traduzido por Richard Philcox. Nova York: Grove, 2008.

HARPER, Frances Ellen Watkins. *A Brighter Coming Day*. Editado por Frances Smith Foster. Nova York: The Feminist Press at CUNY, 1993.

HATORI, Bisco. *Ouran High School Host Club*. Volume 1. São Francisco: VIZ Media, 2005.

KELLY, Donika. "Arkansas Landscape." *Bestiary*. Mineápolis: Graywolf, 2016.

LISIS, Brian. "Virginia Man Brings Five Wheelbarrows Full of Pennies to DMV to Pay Taxes." *Daily News*. Nova York: 13 jan. 2017.

OHBA, Tsugumi. *Death Note*. Volume 1. São Francisco: VIZ Media LLC, 2005.

ROMERO, Dennis. "Mystery of Mean DMV Worker Solved by USC Researchers." *LA Weekly*. Los Angeles: 23 set. 2011.

SMITH, James McCune. *The Works of James McCune Smith: Black Intellectual and Abolitionist*. Editado por John Stauffer. Oxford: Oxford University Press, 2007.

SOLOMON, Asali. *Disgruntled*. Nova York: Picador, 2016.

SPIRES, Derrick R. *Black Theories of Citizenship in the Early United States, 1787-1861*. Filadélfia: University of Pennsylvania Press, 8 mar. 2019.

TANNENBAUM, Rob. "Playboy Interview: John Mayer." *Playboy*. Beverly Hills: fev 2010.

THURSTON, Baratunde. *How to Be Black*. Nova York: Harper Paperbacks, 2012.

WATSUKI, Nobuhiro. *Rurouni Kenshin*. Volume 1. São Francisco: VIZ Media, 2008.

WILSON, William (Ethiop). *Afric-American Picture Gallery*. 1859.

_____. "Number 26." *Afric-American Picture Gallery. The Anglo-American Magazine*: 1. Editado por William Loren Katz. Nova York: Arno P. e The New York Times, 1968.

Agradecimentos

Primeiramente, eu gostaria de agradecer a Deus por esta oportunidade e pelo tempo divino, bem como pelas muitas pessoas que me ajudaram a tornar esta coletânea possível: Derrick, meu marido, eu tenho muito orgulho de você e sou grata pelo contínuo amor, suporte e pelo seu trabalho brilhante; meus pais, Rufus e a dra. Gail Thompson, que mantinham livros em minhas mãos e amor em nossa casa, e serviram como meus primeiros mentores, publicitários e editores; aos meus irmãos, NaChé e Stephen Thompson, e aos meus sobrinhos Iveren e Isaiah por sempre me fazerem rir; minha tia e tio Tracy e Thomas Harkless, minha sogra, Daisy Spires, e minha tia Merlene Walker por serem minha torcida fiel e por me mandarem coisas tão valiosas como avocados e flanelas; e a minha avó Margaret Goss, que me encorajou a ser escritora.

Amigos, o valor de vocês é incalculável, especialmente Selena Brown.

Donika Kelly, Destiny Birdsong, Nikki Spigner e Deborah Lilton, obrigada por me proverem um espaço seguro para a nossa escrita e ioga – e Petal Samuel e Kaneesha Parsard por enriquecerem e moldarem esse espaço conforme o mesmo evoluía.

Leah Rae-Mittelmeier Soule, Natalie Inman, Valencia Moses, Elizabeth Barnett, Diana Bellonby, Matt Duques, Jasper Spires, Adrienne Coney, Debbie Harris, Shirleen Robinson e Emily August, obrigada por apoiarem a mim e ao meu trabalho.

Aos meus muitos professores, obrigada por tudo que cultivaram em mim: aos meus mentores de muito tempo, Paul D. Young, Carolyn Dever e Dana Nelson, que nutriram a mim e a Derrick durante a graduação e além, ouviram-me falar à exaustão sobre Degrassi e outras coisas canadenses e, em alguns casos, até mesmo nos presentearam com molho de macarrão caseiro; Ravi Howard e Jacinda Townsend, que trabalharam em algumas dessas histórias e me ensinaram a simpatizar mais com meus personagens; Lorraine Lopez, Tony Earley e Alice Randall, pelos excelentes conselhos profissionais durante o começo da minha jornada na escrita criativa; aos mentores e colegas docentes da Universidade de Illinois, Alex Shakar, Audrey Petty, LeAnne Howe, Steve Davenport, Janice Harrington, Robert Dale Parker, Candice Jenkins e Ronald Bailey, por acreditarem no meu trabalho; aos membros dos departamentos de Estudos Afro-Americanos e de Escrita Criativa da Universidade de Illinois de modo mais geral; e à sra. Colleen Farley e srta. Sandy Alps, minhas professoras do ensino fundamental e do colegial, respectivamente, que contribuíram para o meu amor pela escrita.

Meus mais sinceros agradecimentos aos colegas de trabalho e amigos que trabalharam na construção dessas histórias e de outros textos, particularmente Avery Irons, Roya Khatiblou, Greg Rodgers, Kristin Walters, Nolan Grieve e Katherine Scott Nelson; ao Workshop de Escrita Criativa de Callaloo e aos amigos de Callaloo de forma geral, especialmente Marame Gueye, Kiietti Walker-Parker, Toni Ann Johnson, Baleja Saidi, Anya Lewis Meeks e Courtney Moffett-Bateau; a todos aqueles que me ensinaram coisas novas todos os dias on-line e na BinderCon; e Allison Wallis.

Obrigada aos editores de revistas e escritores que publicaram histórias individuais, julgaram-nas em concursos ou convidaram-me para escrever, incluindo Stefanie Sobelle, Arielle Silver, Joanne Yi, Medaya Ocher, Lisa Beth Fulgham, Suzannah Windsor, Reem Al-Omari, Caleb Daniel Curtiss, Paul Lisicky, Stephanie Manuzak, Michael Sakoda, Jeff Chon, Jennine Capó Crucet, Peter Orner e Mat Johnson.

Agradeço especialmente a Keith Wilson por me permitir parafrasear a sua postagem no Facebook sobre como as mulheres negras morrem fora das câmeras e a Peter Hudson por dizer "black crazy" na minha presença sem, no entanto, referir-se a mim.

Com muito reconhecimento, agradeço à minha maravilhosa agente, Anna Stein, por acreditar neste projeto e editá-lo antes que saísse para o mundo, por responder aos meus muitos e-mails ansiosos e, além disso, presentear-me com livros; a Madison Newbound, que foi sempre tão prestativa e generosa; a Mary Marge Locker, que trabalhou neste livro no começo; a todas as pessoas no ICM que tornaram este livro possível; a Jensen Beach por me colocar em contato com Anna e me convencer que ainda vale a pena escrever histórias curtas; à minha maravilhosa coagente Sophie Lambert, que vendeu o livro no Reino Unido; e a todos aqueles em Conville e Walsh.

E, finalmente, aos meus editores, Dawn Davis, Clara Farmer e Charlotte Humphery e também Lindsay Newton — agradeço imensamente pelo intenso trabalho em ler e esculpir rascunho atrás de rascunho, linha após linha. Obrigada também a todos aqueles que trabalham por trás das cortinas nas vendas, publicidade, revisão de texto, design das artes na Atria/37 Ink e Chatto e Windus. Este livro não seria possível, da forma como existe, sem vocês, e serei eternamente grata.

Este livro foi publicado em fevereiro de 2021, pela Editora Nacional, impresso pela Gráfica Impress.